插图本中国古典文学丛书

U0889443

唐诗

陈虎／主编
刘旭青／著

河北出版传媒集团
河北教育出版社

图书在版编目（CIP）数据

唐诗 / 刘旭青著 ；陈虎主编 . -- 石家庄 ：河北教育出版社，2022.3
（插图本中国古典文学丛书）
ISBN 978-7-5545-6952-8

Ⅰ . ①唐… Ⅱ . ①刘… ②陈… Ⅲ . ①唐诗－诗歌研究 Ⅳ . ① I207.227.42

中国版本图书馆 CIP 数据核字 (2022) 第 022388 号

书　　名　唐　诗
　　　　　TANGSHI
主　　编　陈　虎
作　　者　刘旭青

策　　划　刘贵廷　王书华
责任编辑　吴　窈
装帧设计　郝　旭
出　　版　河北出版传媒集团
　　　　　河北教育出版社　http://www.hbep.com
　　　　　（石家庄市联盟路705号，050061）
印　　制　保定华升印刷有限公司
开　　本　880毫米×1230毫米　1/32
印　　张　7.125
字　　数　135千字
版　　次　2022年3月第1版
印　　次　2022年3月第1次印刷
书　　号　ISBN 978-7-5545-6952-8
定　　价　38.00元

总　序

汉字是世界上最古老、最悠久的一种语言文字，也是世界文明园地中表现力最丰富的一种交流工具。用这种最富表现力的工具作为载体的中国古代文学，也就必然具有与世界其他文学样式所不同的思想、艺术特征。由于中国社会是带着强烈的人文、理性色彩进入阶级社会的，所以在此土壤中生长出来的各种文化因素都无一例外地带有其鲜明的本质特征。中国的古代文学也不例外，她作为世界上最悠久的文学样式之一，带着鲜明的人文色彩和理性精神，经历了三千多年的持续发展历程，以其辉煌的成就，已成为中国传统文化中一支散发着奇异馨香的奇葩，成为全人类文化遗产中的艺术瑰宝。

产生于浓厚人文、理性色彩这一肥沃土壤中的中国古代文学，极为重视文学作品的思想性，强调文以载道的教化作用，所以在内容上偏重于政治和伦理道德主题。将文学视为政治的附庸和说教，一直被当作一种无可非议的价值倾向。所以，君臣的遇合、民生的苦乐、宦海的浮沉、战争的胜败、国家的兴亡、人生的聚散、纲常的序乱、伦理的向背等，一直是中国古代文学的主旋律，无论是诗歌、散文、小说还是戏曲，大都如此。这一方面使得中国古代文学蕴含着浓郁的政治热情、进取精神和社会使命感，另一方面又强烈地抑制了古代文人自我情欲的释放、自由个性的迸发以及自我意识的开掘，尤其是“存天理、灭人欲”的社会观念的束缚，使中国古代文学完全被笼罩在了理性主义的烟霭之中。从春秋战国时期如处子、名媛般的《诗经》《楚辞》，汉魏六朝的丰碑巨制，唐诗、宋词的不朽咏唱，悲怆倾诉的元曲，一直到明清时期的人生画卷，无不表现了先哲先贤们对社会、对国家、对民族的激越情怀，以及对宇宙世界的无限期待，从中透露着千古风流人物的奋斗历程，以生动而具象的形式体现了中国文化的基本精神和中华民族的文化心理特征，广泛而深刻地反映着中国传统文化其他部分的内容，使人们深切地领略到了中华民族文化的博大久远。这是我们中华民族的骄傲，更是我们民族赖以凝聚、发展、强盛的巨大能源所在。

作为中国传统文化中最重要、最具活力的组成部分，中国古代文学又生动而深刻地体现着中国文化的基本精神，对现代中国乃至世界文明的发展都产生了广泛而深远的影响。唐诗、宋词中的名篇警句至今脍炙人口，元杂剧、明清小说中的故事、人物至今家喻户晓，其中所蕴含的审美功能和认识功能历久弥新。因此，中国古代文学作为中国传统文化中最容易为现代人理解、接受的一种文化形态，是现代人与传统文化之间实现沟通的最直接的桥梁，也是世界其他文化背景下的人们了解中国文化的最佳窗口。

在科学技术迅猛发展的当代社会，人们的生活、观念正发生着巨大而深刻的变革，面对纷至沓来的现代科技和汹涌而至的各种思潮，人们仍能深切地感受到中国传统文化无所不在的巨大力量。人们渴望了解这种无形的力源，于是，绚丽多姿的中国古代文学就成了人们首要的注目之所。但由于各种原因所致，以往有关中国古代文学的诸多著作物，基本上都是写给那些从事专业研究者的，其中承载了过于厚重的道德和伦理内涵，因而理论性太强，显得生硬枯燥，将文学史上生动活泼、充满人间喜怒哀乐的鲜活笼罩在了黑厚的布幕之下。通过这些厚重的学术著作，人们根本无法了解鲜活、丰润的中国古代文学。而那些林林总总的古代诗、文选译本，又显得过于割裂和琐碎，读者很难从中领略中国古代文学活脱的发展脉络。因此可以说，目前社会上很难找到适合于普通读者需要的有关中国古代文学的趣味性读物，于是我们策划了这套《插图本中国古典文学丛书》。丛书共十本，是面向具有中等以上文化程度的读者介绍中国古代文学基本知识的图文并茂的大众普及性读物，主要内容包括按照历史发展线索，介绍中国古代文学体裁方面的基本知识，以及相关作家、作品对其产生的影响等，基本涵盖了传统学术话语里中国古代文学中最精彩、最具吸引力而又最为人们喜闻乐见的内容。

陈虎

2021年6月

目 录

叁 盛世风范，盛唐诗人

肆 诗运中天，中唐诗人

壹

唐诗分体，律诗规范

唐朝（618—907）是我国古典诗歌发展的全盛时期。现存唐诗的总数，据《全唐诗》和《全唐诗补编》二书统计，共收录了唐代2300多位诗人5.5万首左右的诗歌。唐诗的题材非常广泛，内容反映了当时社会生活的各个方面，在创作方法上，也取得了令人瞩目的成就，形成了我国古典诗歌的优秀传统。唐诗的形式多种多样。简单地说，唐诗分为古体、近体两种。唐代的古体诗，有五言和七言两种。近体诗有绝句和律诗两种。绝句和律诗又各有五言和七言之不同。故唐诗的基本形式大致有六种：五言古体诗、七言古体诗、五言绝句、七言绝句、五言律诗、七言律诗。

（一）古体诗

古体诗是和绝句、律诗相对诗体的称呼。其特点不讲究对仗、平仄等格律，用韵比较自由。句式一般有三言、四言、五言、六言、七言等多种形式。唐代古体诗以五古与七古为主。五言、七言古诗自汉魏以来有悠久的传统，到了唐代，在南北朝声韵学与南朝齐永明年间新体诗的进一步发展的基础上，逐渐形成了一种格律严谨的诗体，被称为近体诗，也叫格律诗。此后，人们把唐代以前的各种诗体称为古体诗，后世模拟古体写作的诗歌也称为古体诗。

五言古体诗，简称五古。它不讲究平仄，不限长短，不讲格律，五字为一句的固定句式是不变的。唐代的五言古诗虽源于汉魏，但不是因袭模拟，而有自己的特色。唐代的五言古体诗作家主要有陈子昂、张九龄、李白、杜甫、白居易、王维、孟浩然、韦应物、柳宗元等名家。唐人李白的《古风》，杜甫的“三吏”“三别”，白居易的《秦中吟十首》等，都是著名的五言古体诗。例如：

◎ 李白《古风》

齐有倜傥生，鲁连特高妙。
明月出海底，一朝开光曜。
却秦振英声，后世仰末照。
意轻千金赠，顾向平原笑。
吾亦澹荡人，拂衣可同调。（李白《古风》其十）

岱宗夫如何？齐鲁青未了。
造化钟神秀，阴阳割昏晓。

荡胸生层云，决眦入归鸟。

会当凌绝顶，一览众山小。(杜甫《望岳》)

七言古体诗，简称七古。在古代诗歌中，七言古体诗是体裁多样、形式活泼、句法和韵脚的处理自由、抒情叙事富有表现力的一种诗歌形式。一般认为，现存最早的成熟的七言古体诗是曹丕的《燕歌行二首》。七言古体诗一般是隔句押韵的，也有句句押韵的，称为“柏梁体”。这种诗体，起源于汉武帝。相传汉武帝筑柏梁台，大宴群臣，席间俸禄两千石以上的官员每人作一句诗，合成一首诗《柏梁诗》。这首诗的形式是七言，句末都用平声韵，韵字有重复，于是后人把每句用韵的七言诗称为柏梁体。唐人七言古体诗如李白的《梦游天姥吟留别》、岑参的《白雪歌送武判官归京》、白居易的《长恨歌》《琵琶行》、韩愈的《山石》等。例如：

知章骑马似乘船，眼花落井水底眠。汝阳三斗始朝天，道逢麹车口流涎，恨不移封向酒泉。左相日兴费万钱，饮如长鲸吸百川，衔杯乐圣称世贤。宗之潇洒美少年，举觞白眼望青天，皎如玉树临风前。苏晋长斋绣佛前，醉中往往爱逃禅。李白一斗诗百篇，长安市上酒家眠。天子呼来不上船，自称臣是酒中仙。张旭三杯草圣传，脱帽露顶王公前，挥毫落纸如云烟。焦遂五斗方卓

然，高谈雄辩惊四筵。（杜甫《饮中八仙歌》）

五言古体诗和七言古体诗之间虽然存在一定的差异，但它们同属于同一诗歌潮流中的两个分支，它们共同构成了古体诗在唐代演进的基本趋势。

（二）近体诗

近体诗又名格律诗、今体诗，它是与唐代以前的古体诗相区别而言，自唐代起，对诗的平仄、对仗、押韵、诗篇的字数等，都有很严格的规定，故后世称为近体诗。近体诗的特点是对称、均衡、整齐、和谐。近体诗有三种主要形式：律诗、排律和绝句。律诗又主要分五言律诗和七言律诗，还有少量六言律诗；排律分五言排律和七言排律；绝句分五言绝句、七言绝句、六言绝句等。

1. 五言律诗

五言律诗，简称五律。每句5个字，每首8句，共40个字。讲究平仄、对仗、押韵，作诗符合格律，故称五律。平仄是诗词格律的一个术语：人们把四声分为平仄两大类，平就是平声，仄就是上、去、入三声。仄，按字义解释，就是不平的意思。五言的平仄只有四个类型，而这四个类型可以构成两联。即：

仄仄平平仄，平平仄仄平。
平平平仄仄，仄仄仄平平。

由于这两联的错综变化，可以构成五律的四种平仄格式。以首句入韵为否分为：仄起入韵式、仄起不入韵式、平起入韵式、平起不入韵式。四种格式，其实只有两种基本格式，其余两种不过是在基本格式的基础上稍加变化而已。五律的两种基本格式为仄起式和平起式：

仄起式

（仄）仄平平仄，平平仄仄平。
（平）平平仄仄，（仄）仄仄平平。
（仄）仄平平仄，平平仄仄平。
（平）平平仄仄，（仄）仄仄平平。
（字外加括号表示可平可仄，下同）

五言律诗的仄起式，如杜甫《春望》：

国破山河在，城春草木深。
感时花溅泪，恨别鸟惊心，

烽火连三月，家书抵万金。
白头搔更短，浑欲不胜簪。

平起式

（平）平平仄仄，（仄）仄仄平平。
（仄）仄平平仄，平平仄仄平。
（平）平平仄仄，（仄）仄仄平平。
（仄）仄平平仄，平平仄仄平。

五言律诗的平起式，如王维《山居秋暝》：

空山新雨后，天气晚来秋。
明月松间照，青泉石上流。
竹喧归浣女，莲动下渔舟。
随意春芳歇，王孙自可留。

2. 七言律诗

七言律诗，简称七律。每句7个字，每首8句，共56个字。讲究平仄、对仗、押韵，作诗符合格律，故称七律。七律是五律的扩展，扩展的办法是在五字句的上面加一个两字的头。仄上加平，平上加仄。七律的平仄也只有四个类型，这四个类型也可以构成两联。即：

平平仄仄平平仄，仄仄平平仄仄平。

仄仄平平平仄仄，平平仄仄仄平平。

由这两联的平仄错综变化，可以构成七律的四种平仄格式。以首句入韵为否分为四种：平起入韵式、平起不入韵式、仄起入韵式、仄起不入韵式。通过比较可以看出，七律的四种基本格式是在五律的基本格式上稍加变化而来，如下：

平仄脚

五言仄起仄收　　○○仄仄平平仄

七言平起仄收　　平平仄仄平平仄

仄平脚

五言平起平收　　○○平平仄仄平

七言仄起平收　　仄仄平平仄仄平

仄仄脚

五言平起仄收　　○○平平平仄仄

七言仄起仄收　　仄仄平平平仄仄

平平脚

五言仄起平收　　○○仄仄仄平平

七言平起平收　　平平仄仄仄平平

这四种基本格式，其实只有两种基本格式，其余两种不过是在基本格式的基础上稍有变化而成。七律的两种基本格式分为仄起式和平起式：

仄起式

（仄）仄平平仄仄平，（平）平（仄）仄仄平平。
（平）平（仄）仄平平仄，（仄）仄平平仄仄平。
（仄）仄（平）平平仄仄，（平）平（仄）仄仄平平。
（平）平（仄）仄平平仄，（仄）仄平平仄仄平。

七言律诗的仄起式，如杜甫《登高》：

风急天高猿啸哀，渚清沙白鸟飞回。
无边落木萧萧下，不尽长江滚滚来。
万里悲秋常作客，百年多病独登台。
艰难苦恨繁霜鬓，潦倒新停浊酒杯。

平起式

（平）平（仄）仄仄平平，（仄）仄平平仄仄平。
（仄）仄（平）平平仄仄，（平）平（仄）仄仄平平。
（平）平（仄）仄平平仄，（仄）仄平平仄仄平。
（仄）仄（平）平平仄仄，（平）平（仄）仄仄平平。

七言律诗的平起式，如刘禹锡《酬乐天扬州初逢席上见赠》：

巴山楚水凄凉地，二十三年弃置身。
怀旧空吟闻笛赋，到乡翻似烂柯人。
沈舟侧畔千帆过，病树前头万木春。
今日听君歌一曲，暂凭杯酒长精神。

3. 五言绝句

五言绝句，简称五绝。绝句又称“截句”，是指截律诗的一半而成。每句5个字，每首4句，共20个字。五言绝句首句以不入韵为常见，以不入韵的为正体，入韵的为变体。五言绝句的平仄格式分为四种：平起入韵式、平起不入韵式、仄起入韵式、仄起不入韵式。五言绝句的两种基本格式则是仄起式和平起式：

仄起式

仄仄平平仄，平平仄仄平。
平平平仄仄，仄仄仄平平。

五言绝句的仄起式，如王之涣《登鹳雀楼》：

白日依山尽，黄河入海流。

欲穷千里目，更上一层楼。

平起式

平平平仄仄，仄仄仄平平。

仄仄平平仄，平平仄仄平。

五言绝句的平起式，如储光羲《江南曲四首》其一：

绿江深见底，高浪直翻空。

惯是湖边住，舟轻不畏风。

4. 七言绝句

七言绝句，简称七绝。每句7个字，每首4句，共28个字。要用律句形式，讲究平仄押韵，没有对仗要求。七言绝句的平仄格式也分为四种：平起入韵式、平起不入韵式、仄起入韵式、仄起不入韵式。五言绝句以首句不入韵和仄起为常见，七言绝句则以首句入韵和以平起为常见。七言绝句的基本格式则是仄起式和平起式：

仄起式

仄仄平平仄仄平，平平仄仄仄平平。

平平仄仄平平仄，仄仄平平仄仄平。

七言绝句的仄起式，如李益《夜上受降城闻笛》：

回乐峰前沙似雪，受降城下月如霜。
不知何处吹芦管，一夜征人尽望乡。

平起式

平平仄仄仄平平，仄仄平平仄仄平。
仄仄平平平仄仄，平平仄仄仄平平。

七言绝句的平起式，如白居易《大林寺桃花》：

人间四月芳菲尽，山寺桃花始盛开。
长恨春归无觅处，不知转入此中来。

绝句始于两汉，成于魏晋南北朝，兴盛于唐代。当时都是四句一首，称为“联句”。绝句分为律绝和古绝。律绝是律诗兴起以后才有的，古绝则是在律诗出现以前就有了。律绝跟律诗一样，依照律句的平仄，讲究粘对，即后联出句第二字的平仄与前联对句第二字一致。

（三）乐府

乐府原是汉代管理音乐的一个宫廷官署。汉武帝时，乐府正式设立，其任务是收集编纂各地民间音乐、整理改编与创作音乐、进行演唱及演奏等。后来，人们就把这一机构收集并制谱的诗歌，称为乐府诗，或简称乐府。到了唐代，这些诗歌的乐谱虽然早已失传，但这种形式却相沿下来，成为一种没有严格格律、近于五七言古体诗的诗歌体裁。

唐代诗人作乐府诗，有沿用乐府旧题以写时事，以抒发自己情感的，如《塞下曲四首》《关山月》等；也有即事名篇，无复依傍，自制新题以反映现实生活的，如杜甫的《兵车行》《哀江头》等。唐代，借乐府旧题模仿其体制的作品，称为古乐府。如王昌龄《塞下曲四首》：

蝉鸣空桑林，八月萧关道。
出塞入塞寒，处处黄芦草。
从来幽并客，皆共尘沙老。
莫学游侠儿，矜夸紫骝好。（其一）

饮马渡秋水，水寒风似刀。
平沙日未没，黯黯见临洮。

昔日长城战，咸言意气高。

黄尘足今古，白骨乱蓬蒿。（其二）

唐人的“塞下曲”源于汉乐府《出塞》《入塞》之曲，或“非战”，或“颂战”，始终不离边塞征战之事。又如高适的代表作《燕歌行》，“燕歌行”也是一个乐府题目，属于《相和歌》中的《平调曲》，据说始创于曹丕。高适的《燕歌行》虽用乐府旧题，却是因时事而作的，这是乐府诗的发展，如果再进一步，就到了杜甫《丽人行》《兵车行》“三吏”“三别”等即事名篇的新乐府了。

新乐府，即“新题乐府”，相对于古乐府而言。指的是一种用新题写时事的乐府诗，不再以入乐与否作标准。新乐府诗始创于杜甫，为元结、顾况等继承，又得到白居易、元稹大力提倡。如杜甫《哀江头》：

少陵野老吞声哭，春日潜行曲江曲。江头宫殿锁千门，细柳新蒲为谁绿？忆昔霓旌下南苑，苑中万物生颜色。昭阳殿里第一人，同辇随君侍君侧。辇前才人带弓箭，白马嚼啮黄金勒。翻身向天仰射云，一箭正坠双飞翼。明眸皓齿今何在？血污游魂归不得。清渭东流剑阁深，去住彼此无消息！人生有情泪沾臆，江水江花岂终极？黄昏胡骑尘满城，欲往城南忘南北。

新乐府的产生，标志着唐代乐府诗体的一大变化。新乐府作为诗体的名称，出现于中唐时期。新乐府的特点有三：一是用新题，二是写时事，三是不以入乐与否为衡量标准。所以，新乐府的体裁无论从体式，还是内容方面，都与传统的乐府诗完全不同。

贰

唐音始制，初唐诗人

◎ 虞世南《春夜》

按照明代高棅《唐诗品汇》对唐代诗歌的分期方法，可以分为初、中、盛、晚四期。初唐，指从618至712年，即唐高祖李渊建立唐朝至唐玄宗李隆基登基近一百年的时间。

初唐的前四五十年，诗歌创作基本上局限在宫廷的狭窄范围内。虞世南是这时期遗老诗人的代表，继之是深受太宗、高宗宠信的诗人上官仪（约605—665），他的诗十之八九是奉和应诏之作。如《奉和山夜临秋》：

殿帐清炎气，辇道含秋阴。
凄风移汉筑，流水入虞琴。
云飞送断雁，月上净疏林。
滴沥露枝响，空濛烟壑深。

这是一首奉和之作，诗歌注重对景物的细致体察，通过物色的动态变化，写出了情思婉转之致。《旧唐书》本传说：上官仪“工五言，好以绮错婉媚为本，仪既显贵，故当时颇有学其体者，时人谓之上官体。”上官体的代表作是《入朝洛堤步月》：

脉脉广川流，驱马历长洲。
鹊飞山月曙，蝉噪野风秋。

这首诗是写上官仪自己在东都洛阳皇城外等候入宫朝见时的情怀。首二句写驱马沿洛堤来到皇城外等候，一个“历”字，表现出一种心意悠然、镇定自若的风度。后二句是即景抒怀，用了前人两个诗意。第三句写凌晨，化用了曹操《短歌行》：“月明星稀，乌鹊南飞，绕树三匝，何枝可依。山不厌高，海不厌深，周公吐哺，天下归心”之意；第四句写秋意，化用了陈朝张正见《赋新题得寒树晚蝉疏诗》：“寒蝉噪杨柳，朔吹犯梧桐……还因摇落处，寂寞尽秋风”之意。这首诗字里行间充溢着显扬之气，流露出作者春风得意，倨傲、自荣的情态。在唐诗发展史上，上官仪对律诗形式的发展起到了一定的促进作用。

（一）啼花戏蝶千门侧，碧树银台万种色——王绩与“初唐四杰”

初唐诗人中，王绩（约589—644）是诗风比较独特的一位，字无功，号东皋子，绛州龙门（今山西河津）人，大儒王通之弟。由于仕途不得意，故行为狂放，不喜礼教束缚，以琴酒诗歌自娱。唐初受征为官，每日给酒三升，不够饮，只好又特供一斗，终日酩酊大醉，时人号为“斗酒学士”。后弃官归隐终老。有《王无功文集》。

◎ 王绩《夜还东溪》

王绩诗中最常见的主题是赞美隐居和歌颂饮酒。如“眼看人尽醉，何忍独为醒”（《过酒家》）、“礼乐囚姬旦，诗书缚孔丘”（《赠程处士》），表现愤世嫉俗、蔑视礼法、不满现实的思想；“阮籍醒时少，陶潜醉日多。百年何足度，乘兴且长歌”（《醉后》）、“浮生知几日，无状逐空名。不如多酿酒，时向竹林倾”（《独酌》），则流露了消极与颓废。其代表作，如《野望》：

东皋薄暮望，徙倚欲何依！
树树皆秋色，山山唯落晖。
牧人驱犊返，猎马带禽归。
相顾无相识，长歌怀采薇。

这是一首完整的五言律诗，中间两联对仗工整，平仄协调。此诗通过对秋日山野中萧瑟苍茫的黄昏图景的勾画、渲染，表达了自己在现实生活中无人理解，只好隐居独善的寂寞无聊心境。“东皋”句，借陶渊明《归去来兮辞》中“登东皋以舒啸”的诗句，以陶渊明自比，表达向往归隐躬耕的生活。“欲何依”，借曹操《短歌行》中“月明星稀，乌鹊南飞，绕树三匝，何枝可依”之意，明己孤独彷徨之情。“树树皆秋色，山山唯落晖”通过描绘落日下的秋景，以显自己孤独无依的苦闷。“牧童驱犊返，猎马带禽归”则描绘了一幅村居晚归图。“采薇”借古代隐者伯夷、叔齐不食周粟，采薇而食，最后饿死于首阳山之典。

王绩还有一首《秋夜喜遇王处士》，颇得陶诗真趣：

北场芸藿罢，东皋刈黍归。

相逢秋月满，更值夜萤飞。

这首诗写躬耕田园的喜悦。此诗撷取“北场”“东皋”“秋月”“夜萤”四景，点染诗人逢友人的高兴之情，每一景蕴含诗人喜悦之情愫。

初唐诗坛上最引人注目的是“以文章齐名天下”的“初唐四杰”。据《旧唐书·杨炯传》载：“炯与王勃、卢照邻、骆宾王以文词齐名，海内称为‘王杨卢骆’，亦号‘四杰’。”虽然各自的具体经历不同，但都具有位卑才高、恃才傲物的共同特点。在唐诗开创时期，“四杰”积极开拓诗歌思想题材的领域，还以大量的创作实践，为唐代五言诗的成熟和七言歌行的发展作出了有益的探索。

初唐四杰中名声最大的是王勃（650或649—676），字子安，绛州龙门（今山西河津）人，王通的孙子，王绩的侄孙。14岁时，参加科试及第，做过数任地方小官，因后来戏写斗鸡檄文，得罪权要被革职。去交趾省父，渡海溺水而死。有《王子安集》。

王勃现存诗篇数量不多，但独具自己的风格特点，他的名篇《杜少府之任蜀州》：

城阙辅三秦，风烟望五津。

与君离别意，同是宦游人。

海内存知己，天涯若比邻。

无为在岐路，儿女共沾巾。

◎ 王勃《早春野望》

这是一首格律工整的五言诗。诗虽写送别朋友、抒发离情别绪的传统题材，但意气豪迈、胸襟博大、别致新颖。首联是“工对”中的“地名对”，写长安的城垣、宫阙为辽阔的三秦之地所“辅”（护持、拱卫），点明送别之所。颔联写惜别之感，情韵悠长。颈联“海内存知己，天涯若比邻”，借用曹植《赠白马王彪》“丈夫志四海，万里犹比邻”之意，用浅白的描述，寓深刻的人生哲理，高度地概括了“友情深厚，江山难阻”的情景，为历来传诵的警句。尾联以慰劝杜少府作结，点画“送”之主题。

为王勃赢得巨大声誉的是他在滕王阁即席所赋的《滕王阁序》。据史书记载，上元二年（675）秋，王勃到交趾看望父亲，路过南昌，恰逢都督阎伯屿新修滕王阁完成，重阳之日在滕王阁广延宾客。阎都督此次宴请宾客，目的是为夸耀女婿孟学士之才学。事先让女婿准备好一篇序文，席间假作即兴所作，以示宾客。席间，阎都督命让人取出纸笔，假意请诸宾客盛会作序。众宾客知其意，故推而不从，唯王勃竟不推辞，接过纸笔，即兴挥毫落墨。阎都督大为不快，拂衣而去，转入帐后，差人探看王勃所写。闻听王勃首句写“豫章故郡，洪都新府”，都督便说：不过是老生常谈。接着闻听“星分翼轸，地接衡庐”，沉吟不语。待到闻听“落霞与孤鹜齐飞，秋水共长天一色”之句，阎都督惊叹说：“此真天才，当垂不朽！”据《唐才子传》记载说：“勃欣然对客操觚，顷刻而就，文不加点，满座大惊。”并留下一首《滕王阁》：

滕王高阁临江渚，佩玉鸣鸾罢歌舞；
画栋朝飞南浦云，珠帘暮卷西山雨；
闲云潭影日悠悠，物换星移几度秋；
阁中帝子今何在，槛外长江空自流！

这首诗原附于《滕王阁序》后，序末“四韵俱成”一句中的“四韵”即借代此诗。全诗56个字，描写空间的词有阁、江、栋、帘、云、雨、山、浦、潭影；涉及时间的有日悠悠、物换、星移、几度秋、今何在，紧扣滕王阁这个中心，发挥其各自众星拱月的作用。诗歌以滕王阁的历史沧桑，与槛外长江流水无尽为背景，映衬帝王霸业的短暂与人生的无常，在明丽悠闲的景色描写之下泛出一层淡淡的悲凉之感。

杨炯（650—？），华阴（今属陕西）人，曾官盈川令，有《盈川集》。在“四杰”中，诗歌数量最少，成就也较低。其诗在内容和艺术风格上，同“四杰”其他诗人一样，以突破齐梁“宫体”诗风为特色，在诗歌史上具有承前启后的作用。据《旧唐书》记载说，他对“王杨卢骆”的排名不满，说“吾愧在卢前，耻居王后”。他性格孤傲自负的一面可见一斑。其代表作是《从军行》：

烽火照西京，心中自不平。
牙璋辞凤阙，铁骑绕龙城。
雪暗凋旗画，风多杂鼓声。
宁为百夫长，胜作一书生。

此诗借“从军行”乐府旧题，描写读书士子从军边塞、参加战斗的全过程。全诗40个字，既刻画了人物心理活动，又渲染了环境气氛，笔力刚健雄劲。首联发端警竦，和盘托出“从军”的愿望和卫国决心。颔联写从军，通过“牙璋辞凤阙”“铁骑绕龙城”，写出了军事行动的迅猛凌厉，声势逼人。颈联以战地风雪渲染战斗之激烈。尾联虽写风雪苦寒中激烈战斗，仍然“宁为百夫长”，表达了保家卫国的决心。诗歌首尾呼应，完美地表达了“从军”的主题。

卢照邻（约630—680后），字昇之，号幽忧子，幽州范阳（今河北涿州）人。一生做过几任小官，很不得意。在诗歌创作方面，他主张抒写性情，反映现实生活。主张“凡所著述，多以适意为宗，雅爱清灵，不以繁词为贵”（《驸马都尉乔君集序》）。有《幽忧子集》。

卢照邻工诗，尤其擅长七言歌行，对推动七古的发展有贡献。《长安古意》是他的代表作：

长安大道连狭斜，青牛白马七香车。玉辇纵横过主第，金鞭络绎向侯家。龙衔宝盖承朝日，凤吐流苏带晚霞。百尺游丝争绕树，一群娇鸟共啼花。啼花戏蝶千门侧，碧树银台万种色。复道交窗作合欢，双阙连甍垂凤翼。梁家画阁天中起，汉帝金茎云外直。楼前相望不相知，陌上相逢讵相识？借问吹箫向紫烟，曾经学舞度芳年。得成比目何辞死，愿作鸳鸯不羡仙。比目鸳鸯真可羡，双去双来君不见？生憎帐额绣孤鸾，好取门帘帖双燕。双燕双飞绕画梁，罗帏翠被郁金香。片片行云著蝉鬓，纤纤初月上鸦黄。鸦黄粉白车中出，含娇含态情非一。妖童宝马铁连钱，娼妇盘龙金屈膝。御史府中乌夜啼，延尉门前雀欲栖。隐隐朱城临玉道，遥遥翠幰没金堤。挟弹飞鹰杜陵北，探丸借客渭桥西。俱邀侠客芙蓉剑，共宿娼家桃李蹊。娼家日暮紫罗裙，清歌一啭口氛氲。北堂夜夜人如月，南陌朝朝骑似云。南陌北堂连北里，五剧三条控三市。弱柳青槐拂地垂，佳气红尘暗天起。汉代金吾千骑来，翡翠屠苏鹦鹉杯。罗襦宝带为君解，燕歌赵舞为君开。别有豪华称将相，转日回天不相让。意气由来排灌夫，专权判不容萧相。专权意气本豪雄，青虬紫燕坐春风。自言歌舞长千载，自谓骄奢凌五公。节物风光不相待，桑田碧海须臾改。昔时金阶白玉堂，即今唯见青松在。寂寂寥寥扬子居，年年岁岁一床书。独有南山桂花发，飞来飞去袭人裾。

此诗也是初唐七言歌行的代表作之一。全诗分四个部分，第一部分从“长安大道连狭斜”到“娼妇盘龙金屈膝”，铺陈描写长安车马、宫阙、豪宅的繁华富丽和权贵们竞逐豪奢的享乐生活；第二部分从“御史府中乌夜啼”到“燕歌赵舞为君开”，以市井娼家为中心，勾画出了一幅王孙公子、军官侠客

◎ 卢照邻《葭川独泛》

等各种人物纵情声色的夜游图；第三部分从“别有豪华称将相”到“即今唯见青松在”，转写统治集团内部互相倾轧，权臣得意骄纵的情况；第四部分是最后四句，以汉代穷居著书的扬雄自况，寄寓怀才不遇的感慨。

骆宾王（约638—？），婺州义乌（今属浙江）人。7岁时因随口吟成《咏鹅》“鹅，鹅，鹅，曲项向天歌。白毛浮绿水，红掌拨清波”一诗，被誉为神童。武则天称制，骆宾王参加徐敬业起兵反对武后的活动，写下了著名的《代李敬业（即徐敬业）传檄天下文》（后人改题作《讨武曌檄》），兵败后，不知所终。有清人陈熙晋辑《骆临海集笺注》等。

◎ 骆宾王《在军登城楼》

骆宾王的生活经历丰富，存诗也最多。他也擅长七言歌行，其名作《帝京篇》，内容和《长安古意》相近，但篇幅更大，多辞赋铺排成分，“当时以为绝唱”。他的名作是《在狱咏蝉》：

西陆蝉声唱，南冠客思侵。
那堪玄鬓影，来对白头吟。
露重飞难进，风多响易沈。
无人信高洁，谁为表予心？

古代，蝉是高洁的象征，因其高居枝上，餐风饮露，不与世争。《在狱咏蝉》是骆宾王陷身囹圄之作，诗中托物言志、怜物伤己。首联点题，颔联更进一层抒写诗人悲苦烦忧之情，颈联表面上写蝉，实寓自己之境况，尾联则为深沉之慨叹。

初唐四杰是初唐文坛上新旧过渡时期的人物，他们在推动唐诗健康发展过程中的功绩不可抹杀。正如杜甫《戏为六绝句》中所写的那样："王杨卢骆当时体，轻薄为文哂未休。尔曹身与名俱灭，不废江河万古流。"

（二）前不见古人，后不见来者——"沈宋"律诗与陈子昂

初唐著名诗人之中，与"四杰"同时或稍后的一批有"文章四友"、沈佺期、宋之问等。号称"文章四友"的李峤、苏味道、崔融、杜审言，他们都写出了不少规范的律诗，在诗律与诗艺方面，为唐代近体诗的定型作出了贡献。"文章四友"之中，杜审言的成就最高。胡应麟《诗薮》说："初唐无七言

律，五言亦未超然。二体之妙，杜审言实为首倡。”

杜审言（约645—708），字必简，祖籍襄阳（今属湖北襄樊市襄阳区），迁居河南巩义（今巩义西南）。为人狂放，以才高自恃，且以文章自负。杜审言的诗格律谨严，自然清新，多为五律之作，为唐近体诗奠基人之一。杜审言是唐代著名大诗人杜甫的祖父。杜审言的诗作，如《春日京中有怀》：

今年游寓独游秦，愁思看春不当春。
上林苑里花徒发，细柳营前叶漫新。
公子南桥应尽兴，将军西第几留宾。
寄语洛城风日道，明年春色倍还人。

这是一首比较接近成熟的七律之作。首联紧扣诗题中的“京中”，点明宦游的时间、地点，把诗的写作背景交代了，塑造了一个宦游、哀春伤怀的诗人形象。颔联中“徒”和“漫”，赋予景物以人性，把诗人睹物感怀的惆怅心绪形象地表现出来。颈联是诗人回忆想象与洛阳友人游春欢娱的情景。尾联则是将孤独化为自信，将思念化为祝愿，是传颂千古的名句。

和“文章四友”同时而稍晚的沈佺期、宋之问，是继“四杰”之后，进一步将已趋成熟的律诗形式肯定下来，使律诗开始定型。据《新唐书·宋之问》记载：“魏建安后迄江左，诗律屡变。至沈约、庾信，以音韵相婉附，属对精密。及之问、沈佺期，又加靡丽，回忌声病，约句准篇，如锦绣成文。学者宗之，号为'沈、宋'。"由此可见，沈、宋对诗歌的贡献，主要在声律方面，世称"沈宋"。

沈佺期（约656—713），字云卿，相州内黄（今河南内黄西）人。其诗多为应制之作，袭六朝绮靡之风，前期诗歌多为山水之作，流放中多写感时伤怀之章。其著名的七律是《独不见》：

卢家少妇郁金堂，海燕双栖玳瑁梁。
九月寒砧催木叶，十年征戍忆辽阳。
白狼河北音书断，丹凤城南秋夜长。
谁谓含愁独不见，更教明月照流黄。

此诗又名《古意呈补阙乔知之》，表现了相隔千里的征夫思妇天各一方、音讯断绝，令人心酸的景况。首句入韵，中间两联对仗工整、气势流畅，全诗平仄协调，在同类题材中被诗评家誉为"体格丰神，良称独步"（胡应麟《诗薮·内编》），是唐代七律的奠基之作。

宋之问（约656—约713），字延清，汾州（治今山西汾阳）人。明人辑有《宋之问集》。其诗格律精细，属对工整。其代表作《度大庾岭》：

度岭方辞国，停轺一望家。
魂随南翥鸟，泪尽北枝花。
山雨初含霁，江云欲变霞。
但令归有日，不敢恨长沙。

这首诗是作者被贬大庾岭时所写。首联扣题直叙，“一望”的“一”字，传达出诗人深沉的去国怀乡之情。颔联紧承首联中的“望”字而来，此情此景，使诗人黯然神伤。颈联以美丽景色的渐变，衬托诗人心情的变化，诗中“初含”“欲变”等字眼，则赋予了云雨以灵性。尾联以直抒胸臆而作结，“归有日”与首联的“辞国”“望家”前后呼应。全诗音韵谐婉，诗律和对仗十分工整，辞藻华美。尤其突出的是诗人巧妙地将写景与抒情紧密地结合在一起，见不到任何着意文饰的痕迹。《渡汉江》亦是一首完全符合格律的五绝佳作：

岭外音书断，经冬复历春。
近乡情更怯，不敢问来人。

这是一首游子抒情诗。透过“情更怯”与“不敢问”，强烈感触到诗人压抑的心情和精神痛苦。抒情真切细腻，情致悠长，耐人回味。

与沈宋同时，高倡建安风骨，为扭转诗坛风气，引导唐诗朝着健康方向发展作出了贡献的是陈子昂。陈子昂（659—700），字伯玉，梓州射洪（今属四川）人。他在《与东方左史虬修竹篇序》里，提出了诗歌革新的正面主张：

文章道弊五百年矣。汉魏风骨，晋宋莫传，然而文献有可征者。仆尝暇时观齐、梁间诗，彩丽竞繁，而兴寄都绝，每以永叹。思古人，常恐逶迤颓靡，风雅不作，以耿耿也。一昨于解三处，见明公《咏孤桐篇》，骨气端翔，音情顿挫，光英朗练，有金石声。遂用洗心饰视，发挥幽郁。不图正始之音复睹于兹，可使建安作者相视而笑。

这是一篇标志唐诗诗风转变和革新的宣言，在唐诗发展史上具有重要意义。陈子昂主张彻底革除齐梁以来诗歌片面追求形式的弊端，直接继承汉魏风骨，写出具有真情实感、慷慨激昂的作品，提出了一种“骨气端详，音情顿挫，光英朗练”的诗美理想，也代表了唐诗发展的正确方向。陈子昂的《感遇诗三十八首》，就是表现这种革新精神主张的主要作品。

陈子昂的《感遇诗三十八首》其二：

兰若生春夏，芊蔚何青青。
幽独空林色，朱蕤冒紫茎。
迟迟白日晚，袅袅秋风生。

岁华尽摇落，芳意竟何成！

这是一首“托物言志”的诗，借草木凋零抒写诗人怀才不遇，表达内心的苦闷。前四句写兰若丽质之长成，用一“何”字，显赞赏之情，用“空”字，极写兰若之秀色出众，用“幽独”二字，昭示孤芳自赏，立显诗之主旨；后四句写芳华之零落，“白日晚”“秋风生”，有美人迟暮、时不我待之感，“岁华”“芳意”，语意双关，既言草木，又暗喻自己的年华和抱负徒怀珠抱玉，卒章显志，兴寄遥深。又如其三十五：

本为贵公子，平生实爱才。
感时思报国，拔剑起蒿莱。
西驰丁零塞，北上单于台。
登山见千里，怀古心悠哉。
谁言未忘祸，磨灭成尘埃。

此诗回顾生平，抒发怀抱，美好理想无法实现的深沉苦闷，在不同时间境遇之下，又转为愤激慷慨之音。

陈子昂的律诗比较少，其《度荆门望楚》亦是初唐律诗佳作：

遥遥去巫峡，望望下章台。

巴国山川尽，荆门烟雾开。
城分苍野外，树断白云隈。
今日狂歌客，谁知入楚来。

此诗写陈子昂初次离蜀途中所见的巴楚壮丽山川。前写“度”，后写“望”，点破诗题。纪昀评曰：“连用四地名不觉堆垛，得力在以‘度’字、‘望’字分出次第，使境界有虚有实，有远有近，故虽排而不板。第五、六句写足‘望’字。以上六句写得山川形胜满眼，已伏‘狂歌’之根。结二句借‘狂歌’逗出‘楚’字，用笔变化。”笔墨谐趣，颇显盛唐气象。

武则天万岁通天二年（697），陈子昂跟随武攸宜东征契丹，由于武攸宜指挥失误，致使先锋部队大败，而陈子昂两次进谏激怒武攸宜，被贬为军曹。诗人痛感怀才不遇，登上了幽州台，又称“燕台”，即蓟北楼，相传燕昭王筑此台，置千金于其上，招揽天下贤才。作者仰望苍穹，俯视大地，悲从中来，不可遏止，唱出了震惊千古的《登幽州台歌》：

前不见古人，后不见来者。
念天地之悠悠，独怆然而涕下。

此诗意境开阔，悲壮雄浑。“前不见古人，后不见来者”俯仰古今，写出时间绵长；“念天地之悠悠”写出空间辽阔；

“独怆然而涕下”则是诗人孤单寂寞悲哀苦闷的情绪。《楚辞·远游》有：“惟天地之无穷兮，哀人生之长勤。往者余弗及兮，来者吾不闻。”本篇语句由此化出，然意境更苍茫遒劲。

陈子昂上承建安，下启盛唐，对于唐诗的变革具有关键性的意义，为唐诗朝健康的方向发展有重大贡献。金代元好问《论诗绝句》说：“沈宋横驰翰墨场，风流初不废齐梁。论功若准平吴例，合著黄金铸子昂。”韩愈《荐士》也赞誉道：“国朝盛文章，子昂始高蹈。”

（三）春江潮水连海平，海上明月共潮生——张若虚、刘希夷与唐诗意境

张若虚和刘希夷是与“沈宋”同时且以七言歌行见长的著名诗人。张若虚（生卒年不详），扬州（今属江苏）人，曾任兖州兵曹，与贺知章、包融、张旭齐名，被称为“吴中四士”。张若虚的诗今存两首，其中一首便是号称“以孤篇横绝全唐”的七言歌行名作《春江花月夜》：

春江潮水连海平，海上明月共潮生。滟滟随波千万里，何处春江无月明？江流宛转绕芳甸，月照花林皆似霰。空里流霜不觉飞，汀上白沙看不见。江天一色无纤

尘，皎皎空中孤月轮。江畔何人初见月？江月何年初照人？人生代代无穷已，江月年年只相似。不知江月待何人，但见长江送流水。白云一片去悠悠，青枫浦上不胜愁。谁家今夜扁舟子？何处相思明月楼？可怜楼上月裴回，应照离人妆镜台。玉户帘中卷不去，捣衣砧上拂还来。此时相望不相闻，愿逐月华流照君。鸿雁长飞光不度，鱼龙潜跃水成文。昨夜闲潭梦落花，可怜春半不还家。江水流春去欲尽，江潭落月复西斜。斜月沉沉藏海雾，碣石潇湘无限路。不知乘月几人归，落月摇情满江树。

◎ 春江花月夜

这是一首著名的离情诗。诗篇紧扣春、江、花、月、夜的背景来写，描写了春天江边月夜下的美景，抒发了思妇游子的相思之情，并生发出了对人生的哲理性的思索。“春江潮水连海平”至“汀上白沙看不见”八句，由大到小，由远及近，勾勒出一幅“江潮连海，月共潮生”的壮丽画面。从“江天一色无纤尘”至“但见长江送流水”八句，清明澄澈的天地宇宙，引起了诗人的遐思冥想，从而感慨宇宙永恒，人生短暂。从“白云一片去悠悠”至“何处相思明月楼”四句，写思妇与游子的两地思念之情。从“可怜楼上月裴回”至“鱼龙潜跃水成文”八句，写思妇对离人的怀念。最后八句写游子的思归之情。“月”在全诗中犹如一条生命纽带，诗情随着月轮的升落而起伏曲折。月在一夜之间经历了升起——高悬——西斜——落下的过程。月下的一切美景，在思妇与游子之间组接成完整的诗歌形象，展现出一幅充满人生哲理与生活情趣的画卷。

刘希夷也创造了相类似的诗境。刘希夷（651—约679），字庭芝，汝州（今属河南）人，是一位颇具才华而又短命的诗人，其代表作是《代悲白头翁》：

洛阳城东桃李花，飞来飞去落谁家？洛阳女儿好颜色，坐见落花长叹息。今年花落颜色改，明年花开复谁在？已见松柏摧为薪，更闻桑田变成海。古人无复洛城东，今人还对落花风。年年岁岁花相似，岁岁年年人不同。寄言全盛红颜子，应怜半死白头翁。此翁白头真可怜，伊昔红颜美少年。公子王孙芳树下，清歌妙舞落花前。光禄池台开锦绣，将军楼阁画神仙。一朝卧病无相识，三春行乐在谁边？宛转蛾眉能几时？须臾鹤发乱如丝。但看古来歌舞地，惟有黄昏鸟雀悲。

这是一首拟古乐府，“白头吟”是乐府旧题，晋宋人拟作古乐府，都加一个“代”字，故题又作“代白头吟”。古辞写女子毅然与负心男子决裂之本事。《代悲白头翁》全诗26句，前12句，以落花为中心，借洛阳女子叹落花，感慨人生短暂、容颜易衰；后14句是全诗的主体，借白头老翁遭遇沦落慨叹世事变迁、富贵无常，以“但看古来歌舞地，惟有黄昏鸟雀悲”总结全篇意旨。其中传诵千古的名句是“年年岁岁花相似，岁岁年年人不同”，相传其舅宋之问欲据为已有，希夷不允，之问竟遣人用土囊将他压死。花相似而人不同的意象，深藏诗人对生命短暂的悼惜之情，青春伤感的情思贯穿全篇，既发人深省，又给人以婉转流畅的美的享受。全诗蕴含着“自然盛衰有时，而人生一切皆空”的哲理。

张若虚和刘希夷这两篇七言歌行在文学史上都有着承前启后的积极意义，在诗歌意境的创造上，把生命体验融入美的形象，诗情与画意相结合，创造了一种物我冥契、情景交融、含蓄蕴藉的诗歌意象，标志着诗歌发展即将进入一个新的高峰时期。

叁

盛世风范，盛唐诗人

唐开元、天宝年间，经济空前繁荣，诗坛涌现了大批天赋极高、成就斐然的杰出诗人。唐诗进入了人们所说的盛唐时期，出现了张说、张九龄、贺知章、王湾等盛唐第一批诗人。其中以张九龄的文学成就最高。

张九龄（673或678—740），字子寿，韶州曲江（今属广东韶关）人。他自幼聪颖，7岁能文，后世又称其为“张曲江”。有《曲江集》。张九龄是唐代有名的贤相，其五言古诗，语言质朴，寄托深慨，其贡献尤在于扫除唐初所沿袭的六朝绮靡诗风，被誉为“岭南第一人”。其代表作《感遇十二首》，与陈子昂的诗歌革新精神一脉相承。如《感遇十二首》其一：

兰叶春葳蕤，桂华秋皎洁。
欣欣此生意，自尔为佳节。
谁知林栖者，闻风坐相悦。
草木有本心，何求美人折？

诗以兰、桂自喻，前四句写兰、桂自芳，欣欣向荣；后四句先写兰、桂不愿因人赏而为人折心志，暗喻立身处世的本分，不求别人的赞誉，寓意深远。

张九龄的一些写景诗，展示了宏阔的盛唐气象，而且声韵流畅婉转，且合声律。如《湖口望庐山瀑布泉》：

万丈洪泉落，迢迢半紫氛。
奔飞流杂树，洒落出重云。
日照虹霓似，天清风雨闻。
灵山多秀色，空水共氤氲。

此诗描写的是庐山瀑布水的远景，立体式的全景透视，山、天辉映，描绘出了雄奇瑰丽的庐山瀑布远景图。全诗境界宏阔，寄寓深远。其另一首《望月怀远》，境界亦开阔壮丽：

海上生明月，天涯共此时。
情人怨遥夜，竟夕起相思。
灭烛怜光满，披衣觉露滋。
不堪盈手赠，还寝梦佳期。

起联涵盖天地，气魄宏大，境界开阔，不愧为千古名句；颔联用流水对，情韵流畅；颈联对仗工整，描绘细致；尾联写出对友人的不尽情思，意境清新幽远。

贺知章（659—约744），字季真，越州永兴（今浙江杭州萧山区）人，生性豪放旷达，嗜酒，风流潇洒，为时人倾慕。当看到李白的诗文，即赞为“谪仙人也”，后成为忘年之交，并把李白引荐给唐玄宗为官。贺晚年放荡不羁，自称“四明狂客”，又因其诗豪放旷达，人称“诗狂”。常与李白、李适之、

◎ 贺知章《咏柳》

王琎、崔宗之、苏晋、张旭、焦遂饮酒赋诗，时谓“醉八仙”。贺知章的诗作，我们比较熟悉的是《回乡偶书》：“少小离家老大回，乡音无改鬓毛衰。儿童相见不相识，笑问客从何处来。”《咏柳》：“碧玉妆成一树高，万条垂下绿丝绦。不知细叶谁裁出，二月春风似剪刀。”第一首有世事沧桑之感，第二首则诗意盎然，充满生命的活力。

王湾（生卒年不详），洛阳（今属河南）人。殷璠《河岳英灵集》说他“词翰早著，为天下所称”。其名作《次北固山下》最为人所称道：

客路青山外，行舟绿水前。
潮平两岸阔，风正一帆悬。
海日生残夜，江春入旧年。
乡书何处达，归雁洛阳边。

此诗写冬末春初，泊舟北固山下长江两岸的春景。“海日生残夜，江春入旧年”一联，得到当朝宰相张说的盛赞，手书于宰相政事堂上，作为文人学士学习的典范。这两句也被后人视为盛唐气象的标志，成为历代推崇的名句。

(一)山寺钟鸣昼已昏，渔梁渡头争渡喧——王维、孟浩然等人的山水田园诗

盛唐时期，社会安定，国力强大，社会的政治、经济、文化全面繁荣，为漫游山水和隐居山水田园提供了物质生活条件。唐初佛道盛行，道家崇尚自然，提倡返璞归真；佛家倡导空寂静净，修行必往幽静之所，隐逸山林是其最佳选择，此为诗歌提供了文化及审美心理的积淀。晋宋以来的田园诗、山水诗的创作，又为其提供了艺术上的借鉴。唐代山水田园诗派以孟浩然、王维为代表，此外还有储光羲、常建、裴迪、綦毋潜等人。

◎ 王维《酬张少府》

王维（701？—761），字摩诘，祖籍太原祁（今山西祁县）。开元九年（721）进士。官至尚书右丞，世称王右丞。其诗、画成就都很高，苏轼赞他“味摩诘之诗，诗中有画；

观摩诘之画，画中有诗。”以山水诗成就为最，与孟浩然合称“王孟”。王维晚年无心仕途，诚信奉佛，以禅为诗，故有“诗佛”之称。著有《王右丞集》。

王维诗歌题材广阔，内容丰富，除山水田园诗之外，政治感遇诗、游侠诗和边塞诗的成就也很高。以军旅和边塞生活为题材的诗有《从军行》《陇西行》《燕支行》《观猎》《使至塞上》等。如《使至塞上》：

单车欲问边，属国过居延。
征蓬出汉塞，归雁入胡天。
大漠孤烟直，长河落日圆。
萧关逢候骑，都护在燕然。

此诗为王维开元二十五年（737）以监察御史身份赴边宣慰将士时所作。首联点题，交代了要出使边塞。中间两联写塞外风景的辽阔苍茫，大漠、长河、孤烟、落日，抓住了典型的边塞物貌特征。“孤烟直”“落日圆”，属典型的沙漠上的气候特征。尾联用汉代窦宪燕然勒石纪功的典故，表达了诗人对守边将士的歌颂和对立功报国的向往。

王维对唐诗的贡献主要在山水田园诗方面，也代表了唐代这类题材创作的最高成就。如《终南山》：

太乙近天都，连山到海隅。
白云回望合，青霭入看无。
分野中峰变，阴晴众壑殊。
欲投人处宿，隔水问樵夫。

此诗从终南山的主峰太乙写起，总揽全山，用俯仰往还的视线对终南山作了由高转阔、由远及近的观察，把这座名山的烟云变幻、阴阳起伏的雄姿展现出来了。前人评此诗是“四十字中无所不包，手笔不在杜陵下”。

◎ 王维《观猎》

王维的山水诗还善于表现自然山水的精神气象，也善于捕捉自然声响入诗，使他的诗不仅具有构图美、色彩美，而且也表现出一种山水流动的动态美。如《山居秋暝》：

空山新雨后，天气晚来秋。
明月松间照，清泉石上流。
竹喧归浣女，莲动下渔舟。
随意春芳歇，王孙自可留。

这首是王维山水诗中的名篇。首联雨后秋山的环境特点奠定全诗的基调；颈联层次分明，声色、动静结合，构成一幅清晰和谐的雨夜秋山图；颔联“明月松间照，清泉石上流”为千古佳句；尾联“随意春芳歇，王孙自可留”二句，反用《楚辞·招隐士》“王孙兮归来，山中兮不可久留”之意，以美的自然召唤诗人归隐作结，有巧夺天工之妙。这首山水名篇，充分体现了王维“诗中有画”的特点，于诗情画意之中寄托着诗人高洁的情怀和对理想境界的追求。

王维还有一些思亲、别友、写情、怀乡题材的诗歌。如《九月九日忆山东兄弟》：

独在异乡为异客，每逢佳节倍思亲。
遥知兄弟登高处，遍插茱萸少一人。

这首诗抒写了游子适逢佳节思乡的普遍人生情感体验，最易引起共鸣。千百年来，“每逢佳节倍思亲”成为游子思念的名言，打动多少游子离人之心。又如《送元二使安西》：

渭城朝雨浥轻尘，客舍青青柳色新。
劝君更尽一杯酒，西出阳关无故人。

这是一首送朋友去西北边疆的诗。元二是王维的朋友，其名不详，“二”是他的排行。以排行相称，是唐人的习俗。安西，是唐中央政府为统辖西域地区而设的安西都护府的简称，治所在龟兹城（今新疆库车）。唐代从长安往西去的，多在渭城送别。据载，此诗一出，后人送别多歌此曲，且将末句“西出阳关无故人”反复重叠歌唱，称为“阳关三叠”。所以此诗也叫《阳关三叠》，也有叫《阳关曲》《渭城曲》。

王维自幼受母亲笃佛的影响，中年后，遭遇过挫折和屈辱，遂倾心佛教，以求解脱。然佛教有所谓通过“禅定”“止观”的方式来体悟佛理的做法，它要求摒弃尘念，浑忘自我，以达到身心安适自如、观照明净的状态。由于诗人专诚奉佛，心境淡泊、虚静，不含杂念，对自然山水中的一草一木，一泉一石，触处皆见性，触处都是美，行之于诗，就表现出一种空灵清静的禅悦之境，诗中的“空”“寂”禅理，使王维的佛性之诗呈现出一种澄淡幽静之美。如：

空山不见人，但闻人语响。
返景入深林，复照青苔上。（《鹿柴》）

独坐幽篁里，弹琴复长啸。
深林人不知，明月来相照。（《竹里馆》）

人闲桂花落，夜静春山空。

月出惊山鸟，时鸣春涧中。（《鸟鸣涧》）

木末芙蓉花，山中发红萼。
涧户寂无人，纷纷开且落。（《辛夷坞》）

这类诗“读之身世两忘，万念俱寂”（胡应麟《诗薮》），虽在一片幽静恬美的境界中显示出了大自然活泼自由的生机盎然，但这种“晚年唯好静，万事不关心”（《酬张少府》）的人生态度和宣讲佛教空无寂灭的唯心哲理不可取。

◎ 王维《竹里馆》

孟浩然（689—740），襄州襄阳（今属湖北襄樊）人。在求官与归隐的矛盾中终其一生，虽隐居林下，和张九龄等达官显宦有往来，亦与诗人王维、李白、王昌龄有酬唱。一生几乎没有做过官，以布衣终老，这在中国古代大诗人中是比较少见的。其实，孟浩然并非无意仕途，与盛唐其他诗人一样，他怀有济时用世的强烈愿望，其《临洞庭湖赠张丞相》：

八月湖水平，涵虚混太清。
气蒸云梦泽，波撼岳阳城。
欲济无舟楫，端居耻圣明。
坐观垂钓者，空有羡鱼情。

这是一首干谒诗。全诗“托物言志”，表达了希望有人援引入仕。首联描写洞庭湖全景，一个“混”字淋漓尽致地写出“秋水共长天一色”的景色；颔联特写湖水声势，一个“蒸”字，一个“撼”字，尽显湖水声势壮阔；颈联抒情，“欲济无舟楫”，比恰精准，空生无奈之悲；尾联化典显志，“坐观垂钓者，徒有羡鱼情”，化用《淮南子·说林训》“临渊而羡鱼，不若归而结网”，喻壮志难酬，从政之愿无法实现。

孟浩然的代表作品是山水田园诗，他多数的山水诗，都是写故乡襄阳的鹿门山、万山、岘山、渔梁州、高阳池等名胜古迹。例如《夜归鹿门山歌》：

山寺钟鸣昼已昏，渔梁渡头争渡喧。
人随沙岸向江村，余亦乘舟归鹿门。
鹿门月照开烟树，忽到庞公栖隐处。
岩扉松径长寂寥，惟有幽人夜来去。

这是一首歌咏归隐情怀的诗。首联写夜归见闻，山寺钟鸣，渔梁争渡，两相对照，静喧不同；颔联写世人返家，自去鹿门，殊途异志，表怡然之趣；颈联写夜登鹿门山，感悟隐逸之妙；尾联写隐居鹿门山，仰慕先贤。

孟浩然的田园诗数量不多，生活气息却相当浓厚。如《过故人庄》：

故人具鸡黍，邀我至田家。
绿树村边合，青山郭外斜。
开轩面场圃，把酒话桑麻。
待到重阳日，还来就菊花。

这一首田园诗描写了恬静悠闲的农家生活情景，以及老朋友之间的情谊。首联从应邀写起，“故人”点交情不浅；颔联描写山村风光，宛如一幅清淡的水墨画；颈联写山村生活情趣；尾联以“重阳日”“还来”点友情之深，意味深长。全诗描绘了幽美的山村风光和恬静的田园生活，语言质朴，意境隽永，生活气息浓郁，是唐代田园诗中的佳作。

孟浩然还有两首小诗非常著名，如《宿建德江》：“移舟泊烟渚，日暮客愁新。野旷天低树，江清月近人。”写羁旅在外，日暮泊船，蓦然生思乡之愁。淡淡的乡愁融汇于秋夜烟水朦胧的江面上，境界既幽静又明朗。又如《春晓》：“春眠不觉晓，处处闻啼鸟。夜来风雨声，花落知多少。”这首小诗，初读味淡，吟咏弥久，别有情韵。全诗如行云流水般自然，然境界悠远深厚，体现了孟诗平淡质朴、语浅情深的特点。

◎ 孟浩然《宿建德江》

以王维、孟浩然为中心，还有一批诗风与他们相近的诗人，如裴迪、储光羲、常建等。储光羲（约707—约762），润州延陵（今江苏丹阳）人，祖籍兖州（今属山东）。储光羲写得较好的诗，是《杂咏五首》《江南曲四首》等表达隐逸情趣的作品。如《钓鱼湾》：

垂钓绿湾春，春深杏花乱。
潭清疑水浅，荷动知鱼散。
日暮待情人，维舟绿杨岸。

这首诗写在风光宜人的春日，一个小伙子以“垂钓”作掩护，约会情人的情景。落花、荷动、鱼散等细微的动态描写，写出了“钓鱼湾”的生机盎然的春意。

盛唐山水田园诗人中，除王维、孟浩然之外，成就最高的当推常建。常建，生卒年与籍贯均不详。他的山水田园诗代表作是《题破山寺后禅院》：

清晨入古寺，初日照高林。
曲径通幽处，禅房花木深。
山光悦鸟性，潭影空人心。
万籁此都寂，但余钟磬音。

这是一首题咏佛寺禅院的诗，寄寓了隐逸山水的情怀。诗人着力营造了一种幽深寂静的意境，山光潭影的清幽环境，古寺悠扬洪亮的钟磬之声，从而进入一种禅味的空灵境界。

◎ 常建《三日寻李九庄》

（二）黄河之水天上来，奔流到海不复回——仙风道骨“诗仙”李白

李白（701—762），字太白，号青莲居士。自称祖籍陇西成纪（今甘肃静宁西南），隋末其先人流寓碎叶（唐时属安西都护府，在今吉尔吉斯斯坦北部托克马克附近）。大约在他5岁时，随家迁居四川绵州昌隆（今四川江油）。李白是继屈原之后我国最杰出的浪漫主义诗人，有“诗仙”之称。与杜甫齐名，世称“李杜”，有《李太白集》。

◎ 太白醉酒图

李白的生平经历，大致可分为五个阶段：

一是蜀中生活时期（701—725）。李白自称“五岁诵六甲，十岁观百家，轩辕以来颇得闻矣”（《上安州裴长史书》），他的生活情趣和才能是多样的，他不仅是一个“十五观奇书，作赋凌相如”（《赠张相镐》）的青年才俊，还是一个“十五游神

仙”（《感兴八首》其五）、“十五好剑术”（《上韩荆州书》）的少年羽客和游侠。这一时期的作品主要有《访戴天山道士不遇》《登锦城散花楼》《峨眉山月歌》《白头吟》等。

二是远游求仕时期（725—742），以湖北安陆为中心。李白为了施展才能和实现政治理想，他“仗剑去国，辞亲远游”（《上安州裴长史书》），开始了一个新的漫游兼求仕时期。怀着“不飞则已，一飞冲天；不鸣则已，一鸣惊人”（《代寿山答孟少府移文书》）的宏愿，希望自己的文章才华得到名人赏识和荐举，走“终南捷径”实现政治理想。这一时期的主要作品有《渡荆门送别》《望庐山瀑布》《横江词六首》《望天门山》《金陵酒肆留别》《长干行三首》《子夜吴歌》《静夜思》《送孟浩然之广陵》《游泰山六首》等。

三是居京时期（742—744），应召入长安，三年翰林供奉。天宝元年（742），因玉真公主的推荐，李白被唐玄宗征召入长安。“仰天大笑出门去，我辈岂是蓬蒿人”（《南陵别儿童入京》）是这时心情的写照。李白初到长安，拜谒贺知章，知章见其文，叹曰：“子，谪仙人也！”此后，声名益振。据说唐玄宗曾亲自“降辇步迎，如见绮、皓，以七宝床赐食，御手调羹以饭之”（李阳冰《草堂集序》）。这一时期主要作品有《清平词》《古风》《月下独酌》《行路难三首》等。

四是再次漫游时期（744—755），以梁园为中心。天宝三载（744）春，李白离开长安后，再度开始了他的漫游生活，

“一朝去京国，十载客梁园”（《书情赠蔡舍人雄》），出京不久，在洛阳相识杜甫，又在汴州遇见高适，三人同游梁园（开封）、济南等地。与杜甫曾“醉眠秋共被，携手日同行”（杜甫《与李十二白同寻范十隐居》），并结下深厚友谊。这一时期主要作品有《梁园吟》《梦游天姥吟留别》《将进酒》《宣州谢朓北楼饯别校书叔云》《秋浦歌十七首》《闻王昌龄左迁龙标遥有此寄》《丁督护歌》《赠汪伦》等。

五是安史之乱时期（755—762），直至去世。天宝十四载（755），安史之乱爆发，不久李白参加了永王李璘幕府，任职期间写下了《在水军宴赠幕府诸侍御》《江上答崔宣城》《永王东巡歌》等作品。永王李璘与唐肃宗皇位之争失败，李白获罪下浔阳狱，经友人营救出狱后，被判流放夜郎（今贵州桐梓一带），其间写下了“平生不下泪，于此泣无穷”（《江夏别宋之悌》）的诗句，直到临终前仍感叹“大鹏飞兮振八裔，中天摧兮力不济”（《临终歌》），为自己壮志未酬而遗恨。

◎ 李白《示家人》

◎ 李白《峨眉山月歌》

李白的诗歌今存近千首，诗歌题材多样。七言古诗代表作有《蜀道难》《行路难三首》《梦游天姥吟留别》《将进酒》《梁甫吟》等；五言古诗代表作有《古风》；乐府歌行代表作有《长干行三首》《子夜吴歌》《宣州谢朓楼饯别校书叔云》等；七言绝句代表作有《峨眉山月歌》《望庐山瀑布》《望天门山》《早发白帝城》等。这些作品都成了盛唐的名篇。从内容上来说，可以分为以下几个方面：

一是山水行旅诗。这类作品有《峨眉山月歌》《望庐山瀑布》《横江词六首》《望天门山》《游泰山六首》《蜀道难》《月下独酌》《独坐敬亭山》《梦游天姥吟留别》《早发白帝城》等。如《峨眉山月歌》：

峨眉山月半轮秋，影入平羌江水流。
夜发清溪向三峡，思君不见下渝州。

峨眉山，在今四川峨眉山市。这是年轻的李白初离蜀地而创作的一首诗。这首诗用了五个地名：峨眉山、平羌江、清溪、渝州、三峡，诗境渐次展开了一幅千里蜀江行旅图。王世贞评曰："此是太白佳境，然二十八字中，有峨眉山、平羌江、清溪、三峡、渝州，使后人为之，不胜痕迹矣。益见此老炉锤之妙。"（《艺苑卮言》卷四）

李白的一些歌颂神奇大自然的山水诗，往往呈现出了壮美或优美两种境界。呈现壮美之气的山水诗，代表作是《梦游天姥吟留别》；呈现出风格优美的山水诗，如《月下独酌四首》其一：

> 花间一壶酒，独酌无相亲。举杯邀明月，对影成三人。月既不解饮，影徒随我身。暂伴月将影，行乐须及春。我歌月徘徊，我舞影零乱。醒时同交欢，醉后各分散。永结无情游，相期邈云汉。

诗的首四句写花、酒、人、月影，表现孤独，然举杯邀月，幻出月、影、人三者；中间四句发议论，点出"行乐及春"的题意；最后六句写诗人愿与月光、身影永结无情游，并相约邈远的仙境重聚。酒与月与李白结下不解之缘，须臾不离，如"兰陵美酒郁金香，玉碗盛来琥珀光"（《客中作》），"且就洞庭赊月色，将船买酒白云边"（《陪族叔刑部侍郎

◎ 李白《村居》

眸及中书贾舍人至游洞庭五首》)，“青天有月来几时？我今停杯一问之”“唯愿当歌对酒时，月光长照金樽里”(《把酒问月》)，“人生得意须尽欢，莫使金樽空对月”(《将进酒》)，“却下水晶帘，玲珑望秋月”(《玉阶怨》)，“月下沉吟久不归，古来相接眼中稀”(《金陵城西楼月下吟》)，等等。

二是人生感遇诗。这类作品主要有《玉壶吟》《行路难三首》《梁甫吟》《梁园吟》《将进酒》《宣州谢朓北楼饯别校书叔云》等。如《将进酒》:

君不见黄河之水天上来，奔流到海不复回。君不见高堂明镜悲白发，朝如青丝暮成雪。人生得意须尽欢，莫使金樽空对月。天生我材必有用，千金散尽还复来。烹羊宰牛且为乐，会须一饮三百杯。岑夫子、丹丘生，将进酒，杯莫停。与君歌一曲，请君为我倾耳听。钟鼓馔玉不足贵，但愿长醉不愿醒。古来圣贤皆寂寞，惟有饮者留其名。陈王昔时宴平乐，斗酒十千恣欢谑。主人何为言少钱，径须沽取对君酌。五花马，千金裘，呼儿将出换美酒，与尔同销万古愁。

李白咏酒的诗篇最能体现他的个性，“将进酒”原是汉乐府旧题，题意为“劝酒歌”，古词有“将进酒，乘大白”。此诗情感变化可分四个层次：落笔四句写悲，写黄河景象，意生慷慨之悲；“人生”以下十句写欢；“钟鼓”六句写愤激之情；“主人”句至结篇写狂放之情。全篇诗情跌宕起伏，结笔归结于“万古愁”，回应篇首。《唐诗解》卷上说：“此怀才不遇，托于酒以自放也。”此诗是李白的代表作之一。

李白的人生感遇诗，又如《行路难三首》其一：

金樽清酒斗十千，玉盘珍羞直万钱。停杯投箸不能食，拔剑四顾心茫然。欲渡黄河冰塞川，将登太行雪满山。闲来垂钓碧溪上，忽复乘舟梦日边。行路难，行路难！多歧路，今安在？长风破浪会有时，直挂云帆济沧海。

这是李白所写的《行路难三首》中的第一首，“行路难”多写世道艰难，状离情别意。开篇叙事，化用鲍照《拟行

◎ 李白《采莲曲》

路难》“对案不能食，拔剑击柱长叹息”，用了四个连续的动作“停”“投”“拔”“顾”，把苦闷抑郁的感情变化表达出来；中间四句在困难中抱有希望；“行路难”四个短句，则把进退维艰的矛盾心理表现出来；末两句巧用宗悫之志，借此写自己理想总有一天能够实现。据《宋书·宗悫传》载：宗悫少年时，叔父宗炳问他的志向，他说：“愿乘长风破万里浪。”

三是时事讽喻诗。这类作品主要有《古风》《秋浦歌十七首》《丁都护歌》等。其中《古风》59首，不是一时一地之作，因其体裁相同，故统一标题《古风》。主要揭露批判玄宗朝后期政治腐败，表达贤能志士报国无门的悲愤心情。《丁督护歌》也是李白值得称道的一首讽喻诗：

云阳上征去，两岸饶商贾。吴牛喘月时，拖船一何苦！水浊不可饮，壶浆半成土。一唱都护歌，心摧泪如雨。万人凿盘石，无由达江浒。君看石芒砀，掩泪悲千古。

此是一首反映纤夫之苦的诗。“丁督护歌”是乐府旧题，属《清商曲辞·吴声歌曲》。前二句交代拖船的地点和环境。第三、四句写纤夫拖船之苦，借“吴牛喘月”之典，据《世说新语》记载：“南土多暑而此牛畏热，见月疑是日，所以见月则喘。”这里点出炎夏酷暑，一个“苦”字为诗眼，贯穿全篇。第五、六句极写生活艰苦，“水浊不可饮，壶浆半成土”，抓住细节，管中窥豹。第七、八句刻画纤夫心理悲苦。第九、十句则把纤夫之苦推向极致。结尾两句直抒悲苦之情。

四是李白表现爱情、乡情、友情的诗。这类作品主要有《乌夜啼》《春思》《子夜吴歌》《长干行三首》《静夜思》《春夜洛城闻笛》《送孟浩然之广陵》《闻王昌龄左迁龙标遥有此寄》《赠汪伦》等。如《送孟浩然之广陵》：

故人西辞黄鹤楼，烟花三月下扬州。
孤帆远影碧空尽，唯见长江天际流。

这是一首寓情于景的送别诗。孟浩然是李白非常称赏的诗人，李白曾有“吾爱孟夫子，风流天下闻”的诗句赞誉孟浩然。享有“天下绝景”的武昌黄鹤楼，与湖南岳阳楼、江

◎ 李白《落日忆山中》

西滕王阁并称为“江南三大名楼”。诗的首二句把送别的时间、地点和目的地交代清楚；第三、四两句写送别的场景，孤帆消失在天际，唯留江水悠悠，诗人伫立楼头，凝眸不忍离去。

综之，李白的诗歌在思想和艺术上都取得了杰出的成就，在盛唐诗人中，王维、孟浩然长于五绝，王昌龄等七绝写得好，兼长五绝与七绝而并至极境的，只有李白一人。李白的诗歌、裴旻的剑舞、张旭的草书被唐朝文宗御封为“三绝”，李白与李商隐、李贺三人并称唐代“三李”。杜甫评价李白：“落笔惊风雨，诗成泣鬼神。”（《寄李十二白二十韵》）韩愈则云：“李杜文章在，光焰万丈长。”（《调张籍》）

（三）致君尧舜上，再使风俗淳——胸怀天下“诗圣”杜甫

杜甫（712—770），字子美，祖籍襄阳（今属湖北襄樊市襄阳区），自其曾祖时迁居巩县（今河南巩义西南），祖父杜审

言。杜甫生活在唐朝由盛转衰的历史时期，其诗深刻地反映了安史之乱前后社会的动乱，被誉为“诗史”，又因其诗表现了忧国忧民的高洁人格，被后世尊为“诗圣”。杜甫一生写诗1400多首，有《杜工部集》。

◎ 杜甫

杜甫的思想核心是儒家的仁政思想，“致君尧舜上，再使风俗淳”（《奉赠韦左丞丈二十二韵》）是他的宏伟抱负。杜甫的经历和诗歌创作可以分为四个时期：

一是读书壮游时期（731—745）。杜甫自幼聪慧，20岁起，开始了十余年的“壮游”。先南游吴越，后北游齐赵，先后结识了李白、高适，三人同游梁、宋（今河南开封、商丘），饮酒赋诗，登高怀古，并结下了深厚友谊。作于这一时期的《望岳》诗说：“岱宗夫如何？齐鲁青未了。造化钟神秀，阴阳割昏晓。荡胸生层云，决眦入归鸟。会当凌绝顶，一览众山小。”该诗流露了诗人对一切事业充满乐观向上的雄心壮志。

二是困守长安十年（746—755）。天宝五载（746），杜甫怀着“致君尧舜上，再使风俗淳”的政治理想抱负，然而应制举落第，过着“朝扣富儿门，暮随肥马尘。残杯与冷炙，到处潜悲辛”（《奉赠韦左丞丈二十二韵》）的屈辱心酸的生活。对黑暗的现实有了清醒的认识和感受，使杜甫成了一个忧国忧民的诗人，并写下了《兵车行》《丽人行》《自京赴奉先县咏怀五百字》《前出塞》《后出塞》等名作，此奠定了杜甫诗歌的客观写实和沉郁苍凉的风格特点。

三是陷贼与为官时期（756—759）。天宝十四载（755）十月，杜甫从长安往奉先县探家，迎接他的则是“入门闻号咷，幼子饿已卒”（《自京赴奉先县咏怀五百字》）的惨状。安史之乱爆发后，他在投奔肃宗的途中被俘，被叛军押解到长安，期间怀着悲哀、愤恨的心情写下《月夜》《春望》《哀江头》《悲陈陶》《悲青坂》等诗。乾元二年（759）春，杜甫前往河南探亲，途中有感而发，写下了“三吏”“三别”两组名垂千古的诗篇。

四是漂泊西南时期（760—770）。乾元二年（759）底，杜甫来到了成都，在亲友的帮助下，在成都西郊浣花溪畔建筑了一座草堂，过了一段比较安定的生活。这一时期写下了《壮游》《遣怀》等五古名篇和《诸将五首》《秋兴八首》《咏怀古迹五首》《又呈吴郎》等七律名篇。

杜甫的诗歌从内容上来说，可以分为以下几个方面：

一是爱国忧民的诗篇。这类作品主要有《春望》“三吏”“三别”《闻官军收河南河北》等。如《春望》：

国破山河在，城春草木深。
感时花溅泪，恨别鸟惊心。
烽火连三月，家书抵万金。
白头搔更短，浑欲不胜簪。

这首诗是杜甫在至德二年（757）三月陷居长安时所作，抒写了诗人对国家破败的感慨与忧伤以及对家人的思念之情。诗的首联、颔联写春城败象，饱含感叹；颈联、尾联写心念亲人境况，充溢离情。全诗蕴藉自然，反映了爱国、思亲的情感。又如《闻官军收河南河北》：

剑外忽传收蓟北，初闻涕泪满衣裳。
却看妻子愁何在，漫卷诗书喜欲狂。
白日放歌须纵酒，青春作伴好还乡。
即从巴峡穿巫峡，便下襄阳向洛阳。

这首诗作于唐代宗广德元年（763）春天。宝应元年（762）冬季，唐军在洛阳附近的横水打了一个大胜仗，收复了洛阳和郑（今河南郑州）、汴（今河南开封）等州，延续了七年多的“安史之乱”彻底平息。作者用了四个连续动作“忽传”“初闻”“却看”“漫卷”，来表达狂喜之情。而“即从”“穿”“便下”“向”四个富有动感节奏的描述，想象带着惊喜回到家乡的快感。浦起龙《读杜心解》中说："八句诗，其疾如飞。题事只一句，余俱写情。得力全在次句，于神理，妙在逼真，于文势，妙在反振。三、四以转作承。第五，仍能缓受。第六，上下引脉。七、八紧申还'乡'。生平第一首快诗也。"

忧国忧民是贯穿杜甫全部诗作的一根主线，诗人不仅深切感受人民的苦难，而且还进一步揭示出人民遭受苦难的根源。组诗《新安吏》《石壕吏》《潼关吏》《新婚别》《垂老别》《无家别》，后人简称为"三吏""三别"。因其基本上采用实录的笔法，所以有"诗史"之誉。如《石壕吏》：

暮投石壕村，有吏夜捉人。老翁逾墙走，老妇出门看。吏呼一何怒！妇啼一何苦！听妇前致词：三男邺城戍。一男附书至，二男新战死。存者且偷生，死者长已矣。室中更无人，惟有乳下孙。有孙母未去，出入无完裙。老妪力虽衰，请从吏夜归。急应河阳役，犹得备晨炊。夜久语声绝，如闻泣幽咽。天明登前途，独与老翁别。

唐肃宗乾元二年（759）春，杜甫离开洛阳，历经新安、潼关、石壕，在投宿石壕村时，遇到吏卒深夜捉人，据实录写下这篇不朽之作。全诗以"耳闻"为线索，按时间的顺序展开。首尾叙事，中间对话，借老妇人之口，诉说她一家的悲惨遭遇。全诗故事情节完整，层次分明，诗人叙述，老妇说白，遥相呼应，丝丝入扣。

◎ 杜甫《绝句二首》其二

二是咏怀抒情诗篇。这类作品主要有《自京赴奉先县咏怀五百字》《茅屋为秋风所破歌》等。如《茅屋为秋风所破歌》：

八月秋高风怒号，卷我屋上三重茅。茅飞渡江洒江郊，高者挂罥长林梢，下者飘转沉塘坳。南村群童欺我老无力，忍能对面为盗贼。公然抱茅入竹去，唇焦口燥呼不得，归来倚杖自叹息。俄顷风定云墨色，秋天漠漠向昏黑。布衾多年冷似铁，骄儿恶卧踏里裂。床头屋漏无干处，雨脚如麻未断绝。自经丧乱少睡眠，长夜沾湿何由彻！安得广厦千万间，大庇天下寒士俱欢颜，风雨不动安如山！呜呼！何时眼前突兀见此屋，吾庐独破受冻死亦足！

这是一首歌行体古诗。上元元年（760）春，杜甫在亲友的帮助下，在成都西郊浣花溪畔盖了一座草堂，全家安顿下来。第二年八月，草堂被秋风吹破，小孩趁机来扯茅草，并取笑杜甫。杜甫有感而发，写下了这首《茅屋为秋风所破歌》。全篇可分为四层。从“八月”至“塘坳”五句为第一层，写面对狂风破屋的焦虑；从“南村”至“叹息”五句为第二层，写面对群童抱茅而去的无奈；从“俄顷”至“何由彻”八句为第三层，写屋破偏逢连夜雨的苦况；从“安得”至最后为第四层，淋漓尽致地展现诗人崇高理想和博大胸襟。

三是写景咏物诗篇。这类作品主要有《春夜喜雨》《江畔独步寻花》《绝句四首》《秋兴八首》《登高》《登岳阳楼》等。如《登岳阳楼》：

昔闻洞庭水，今上岳阳楼。
吴楚东南坼，乾坤日夜浮。
亲朋无一字，老病有孤舟。
戎马关山北，凭轩涕泗流。

这是一首登楼触景感怀、思乡之作。首联用“昔闻”为“今上”蓄势，扩展时空领域，起势宏阔；颔联仅10个字，形象逼真地描绘洞庭水势浩瀚无际；颈联写仕途坎坷，怀才天涯的苦闷；尾联“凭轩”与“今上”首尾呼应。名句“吴楚东南坼，乾坤日夜浮”，宋代刘辰翁曾说此联“气压百代，为五言雄浑之绝”。

◎ 杜甫《江畔独步寻花七绝句》其六

杜甫的写景咏物诗篇中还有一首被称为“古今七言律诗第一”(《杜诗镜铨》)的《登高》:

风急天高猿啸哀，渚清沙白鸟飞回。
无边落木萧萧下，不尽长江滚滚来。
万里悲秋常作客，百年多病独登台。
艰难苦恨繁霜鬓，潦倒新停浊酒杯。

这一首重阳登高抒怀诗。首联对起，自然成对，节奏明快，为流传千古佳句；颔联表现夔州秋天的典型特征，对句精工，气势磅礴，前人把它誉为“古今独步”的“句中化境”；颈联点出一个“秋”字，罗大经点评说：“万里，地之远也；悲秋，时之惨凄也；作客，羁旅也；常作客，久旅也；百年，暮齿也；多病，衰疾也；台，高迥处也；独登台，无亲朋也；十四字之间含有八意，而对偶又极精确。”（《鹤林玉露》）尾联对结，分承五、六句，写因病断酒，映衬时世艰难。

四是思乡怀友诗篇。这类作品主要有《月夜》《月夜忆舍弟》《梦李白二首》《不见》等。如《月夜》：

今夜鄜州月，闺中只独看。
遥怜小儿女，未解忆长安。
香雾云鬟湿，清辉玉臂寒。
何时倚虚幌，双照泪痕干。

此诗是秋天月夜的怀妻之作。诗人以妻子望月思念自己，来表达自己对妻儿的思念，“独看”二字，是一篇之眼；第三、四句接“独看”，以儿女“未解”母亲“忆长安”之意，衬出妻子的孤独、凄凉；第五、六两句写闺中望月之久，所以鬟发已湿而玉臂觉寒，突出忆夫之深；第七、八句作希望之词，回应发端，“何时”，写出茫然心情，与开头“今夜”相应，

“双照”由“独看”化出，又不脱“月”字。全诗处处从对面着笔，字字从月色照出。浦起龙评曰：“心已驰神到彼，诗从对面飞来，悲婉微至，精丽绝伦，又妙在无一字不从月色照出也。”（《读杜心解》）

杜甫思乡怀友的诗作，又如《月夜忆舍弟》：

戍鼓断人行，秋边一雁声。
露从今夜白，月是故乡明。
有弟皆分散，无家问死生。
寄书长不达，况乃未休兵。

此诗是一首思乡之作，望月思亲，寄托家国之情。“未休兵”致使“断人行”，于是便望月“忆舍弟”，“无家”致使“寄书不达”，而“分散”了则有“死生”不明之感。全诗层次分明，结构谨严，前后呼应，语意启承转接，一气呵成。“露从今夜白，月是故乡明”句，突出诗人深切的思乡之情。其名作又如《天末怀李白》：

凉风起天末，君子意如何？
鸿雁几时到，江湖秋水多。
文章憎命达，魑魅喜人过。
应共冤魂语，投诗赠汨罗。

这是一首秋至望雁怀人之作。诗中设想深秋时节，李白被流放途经洞庭湖一带的情景。首句以秋风起兴，设境造情，一片悲愁；“君子意如何？”于不经意间表关切之情；“文章憎命达”二句，语尤为悲愤，有“怅望千秋一洒泪”之痛，高步瀛引邵长蘅评：“一憎一喜，遂令文人无置身地。”“投诗赠汨罗”，用一“赠”字，恰如黄生在《读杜诗说》中说：“不曰吊而曰赠，说得冤魂活现。”

五是咏史怀古诗篇。这类主要有《蜀相》《琴台》《八阵图》《咏怀古迹五首》等。如《咏怀古迹五首》其三：

群山万壑赴荆门，生长明妃尚有村。
一去紫台连朔漠，独留青冢向黄昏。
画图省识春风面，环佩空归月夜魂。
千载琵琶作胡语，分明怨恨曲中论。

这是大历元年（766）杜甫在夔州写成组诗的第三首。是年，杜甫离开夔州东下，途经归州（今湖北秭归）东北四十里的昭君村时，借咏古迹寄托诗人身世之叹和爱国之情。首二句点出昭君村的地理环境；第三、四句以生死之地的对照，概括了王昭君的一生遭际；第五、六句进一步写王昭君的身世家国之情；第七、八句正面写王昭君的怨恨。全诗叙事清晰，人物形象鲜明，寓意深刻。《唐宋诗醇》评价这首诗说：“咏明妃者，此为第一。”清代沈德潜《唐诗别裁集》也说：“咏昭君诗，此为绝唱。”

六是题画论诗诗篇。这类作品主要有《画鹰》《戏题画山水图歌》《丹青引赠曹将军霸》《戏为六绝句》等。如《戏题画山水图歌》：

◎ 杜甫《画鹰》

> 十日画一水，五日画一石。能事不受相促迫，王宰始肯留真迹。壮哉昆仑方壶图，挂君高堂之素壁。巴陵洞庭日本东，赤岸水与银河通，中有云气随飞龙。舟人渔子入浦溆，山木尽亚洪涛风。尤工远势古莫比，咫尺应须论万里。焉得并州快剪刀，剪取吴松半江水。

这是杜甫为四川山水画家王宰所作的一首题画诗。首四句写王宰作画的严谨态度；第五、六句写诗人的观感和赞叹；“巴陵洞庭日本东”句中连举三个地名，描绘了画面的波澜壮阔和一泻千里的气势；“尤工远势古莫比，咫尺应须论万里”两句，则高度概括了王宰在山水画方面的造诣以及中国山水画的特点；最后两句用典，语意双关。清代方薰在《山静居画论》中说：“读老杜入峡诸诗，奇思百出，便是吴生、王宰蜀中山水图。自来题画诗，亦惟此老使笔如画。”杜甫题画诗的水平，由此可见一斑。

杜甫的论诗诗，最具代表性的作品是《戏为六绝句》。这六首小诗，实质上是杜甫诗歌创作实践经验的总结，诗论的总纲，它涉及了唐诗发展中一系列的重大理论问题。

杜甫对于后世的影响不一而足，不仅体现在其忧国忧民的思想情操上，也体现在诗歌文学创作上的承前启后作用。杜甫开启了后世诗歌以诗论诗，用画题诗，诗写生活，诗代奏疏信札之风气。同时，杜甫将唐代律诗尤其是七言律诗推向了一个新的发展阶段，称为后世学习的典范，并获得“诗圣”称号。

（四）功名只向马上取，真是英雄一丈夫——高适、岑参等人的边塞诗

隋唐以来一百几十年中，由于边境战争频繁，各民族经济、文化交流增多，知识分子对边塞生活的了解也增多，逐渐充满向往之情；边塞建功立业，也是文人寻求仕进的途径，也促使一部分失意文人借功名寻求仕进。盛唐边塞诗派的重要作家有高适、岑参、王之涣、刘湾、陶翰等人。盛唐边塞诗人中以高适和岑参的成就最高。

高适（约700—765），字达夫，渤海蓨（今河北景县）人，早年家贫，“少落魄，不治生事”（《旧唐书》），但胸怀大志。曾和李白、杜甫在齐赵一带饮酒游猎，怀古赋诗。天

宝八年（749），在宋州刺史张九皋推荐下，被任命为封丘县尉。不久，觉官职卑微弃官而去。安史之乱后，高适随玄宗至蜀，拜谏议大夫，终官散骑常侍，进封渤海县侯，是唯一做到高官封侯的盛唐诗人。有《高常侍集》。

◎ 高适《听张立本女吟》

高适诗歌题材广，现实性强。主要有以下几类：一是边塞诗，成就最高，代表作有《燕歌行》《蓟门行五首》《塞上》《塞下曲》《蓟中作》《九曲词三首》等；二是反映民生疾苦的诗，如《自淇涉黄河途中作十三首》其九、《东平路中遇大水》等；三是讽时伤乱诗，如《古歌行》《行路难二首》《酬裴员外以诗代书》《登百丈峰二首》等；四是数量最多的咏怀诗，其内容复杂，如《别董大》《别韦参军》《淇上酬薛三据兼寄郭少府微》《效古赠崔二》《封丘作》等。

高适是盛唐“边塞诗派”的领军人物，边塞诗的风格特点是“雄浑悲壮”，其代表作《燕歌行》，其序说“开元二十六年，客有从御史大夫张公出塞而还者，作《燕歌行》以示适，感征戍之事，因而和焉”。

汉家烟尘在东北，汉将辞家破残贼。男儿本自重横行，天子非常赐颜色。摐金伐鼓下榆关，旌旆逶迤碣石间。校尉羽书飞瀚海，单于猎火照狼山。山川萧条极边土，胡骑凭陵杂风雨。战士军前半死生，美人帐下犹歌舞。大漠穷秋塞草腓，孤城落日斗兵稀。身当恩遇恒轻敌，力尽关山未解围。铁衣远戍辛勤久，玉箸应啼别离后。少妇城南欲断肠，征人蓟北空回首。边庭飘飖那可度，绝域苍茫更何有。杀气三时作阵云，寒声一夜传刁斗。相看白刃血纷纷，死节从来岂顾勋。君不见沙场征战苦，至今犹忆李将军。

这是一首边塞诗。“边塞诗”是以描写边塞地区景物反映边防将士的生活、战斗、思想情怀的诗篇。全诗以精简地笔墨描写了一个战役的全过程。诗从慷慨应征、转战沙场写起，空间辽阔，场面浩大，人物众多，由天子、将军、校尉、战士、歌女、少妇、单于等人物组成一幅生动的画面。全诗28句，分为四层：前面每八句为一层，分别写出师、战败、被围，后四句为第四层，写战斗的结局。全诗讴歌了战士英勇爱国的献身精神，并以“战士军前半死生，美人帐下犹歌舞”这种典型场景的概括，揭露了官兵苦乐悬殊的矛盾。诗中“大漠穷秋塞草腓，孤城落日斗兵稀”二句，以简练的笔墨，勾画出凄凉场面，把战士们的英勇悲壮烘托得更为强烈，与王维“大漠孤烟直，长河落日圆”（《使至塞上》）有异曲同工之妙。

在开元时代的诗坛上，高适对民生疾苦深有感触，在做封丘县尉以后，深感官场的险恶、对人民的欺压，写下了名作《封丘作》（一作《封丘县》），这是高适咏怀诗的代表作：

我本渔樵孟诸野，一生自是悠悠者。乍可狂歌草泽中，宁堪作吏风尘下？只言小邑无所为，公门百事皆有期。拜迎长官心欲碎，鞭挞黎庶令人悲。悲来向家问妻子，举家尽笑今如此。生事应须南亩田，世情付与东流水。梦想旧山安在哉，为衔君命日迟回。乃知梅福徒为尔，转忆陶潜归去来。

这首诗是高适作于封丘任上，表达了现实与理想，出仕与归隐的矛盾思想。全诗可分为四段，四句为一段。前四句追忆混迹“渔樵”的自适生活，表达诗人悔悟愤激之情；“拜迎长官心欲碎，鞭挞黎庶令人悲”二句，表达了做封丘尉给他带来的痛苦和失望；“生事应须南亩田，世情付与东流水”二句，表达了抛弃世情，归隐躬耕；第四段表达向往归隐，与第一段遥相照应。

高适的一些赠别朋友的诗，也写得真挚感人，与其所写边塞诗一样为后人所传诵，如《别董大》：

千里黄云白日曛，北风吹雁雪纷纷。

莫愁前路无知己，天下谁人不识君。

这是一首送别诗。分别之际，不写离愁别恨，却以激情豪迈的情绪鼓励友人迎接未来。“千里黄云白日曛，北风吹雁雪纷纷”二句，写眼前景，运用白描手法；“莫愁前路无知己，天下谁人不识君”两句，是劝慰朋友之语，一反传统的缠绵凄怨，有一种超乎他人的昂扬和悲壮，尤显豪迈与大气。

◎ 岑参《春山晚行》

岑参（715—770），祖籍南阳（今属河南），出生于江陵（今属湖北），官宦世家，父亲岑植做过两任刺史。15岁丧父，此后家道中落，依兄长生活。20岁入长安求仕未果，此后10年，过着漫游交友、隐居读书的生活。

天宝三载（744）中进士，曾两度出塞共六年。在诗中说：“万里奉王事，一身无所求。也知塞垣苦，岂为妻子谋。”（《初过陇山途中呈宇文判官》）诗人对边塞的征战生活、自然风光和风土人情有切身体会，此外还写下了《走马川行奉送封大夫出师西征》《白雪歌送武判官归京》《火山云歌送别》《天山雪歌送萧治归京》等一系列边塞诗名篇。有《岑嘉州诗集》。

岑参边塞诗中杰出的代表作之一，如《走马川行奉送封大夫出师西征》：

君不见走马川行雪海边，平沙莽莽黄入天。轮台九月风夜吼，一川碎石大如斗，随风满地石乱走。匈奴草黄马正肥，金山西见烟尘飞，汉家大将西出师。将军金甲夜不脱，半夜军行戈相拨，风头如刀面如割。马毛带雪汗气蒸，五花连钱旋作冰，幕中草檄砚水凝。虏骑闻之应胆慑，料知短兵不敢接，车师西门伫献捷。

这是岑参的代表作之一。诗一开头描写塞外九月狂风怒吼、飞沙走石等风云突变的自然景色，渲染战争即将爆发的紧张气氛；第六、七、八三句为第二层，写敌人侵犯，封常清出征；从“将军金甲夜不脱”到“幕中草檄砚水凝”六句为第三层，讴歌了战士们傲风斗雪、酷寒斗敌的豪情和必胜的信念，承上启下；最后三句为第四层，点睛之笔预祝胜利。全诗抓住边地的景物特征，运用多种艺术手法，既写出了士卒们的英雄气概，也表现了气势宏阔的战争场面。

岑参边塞诗中最具特色的是对边塞风光景物的着意描绘，其中尤以《白雪歌送武判官归京》写雪景最为瑰丽壮观。

北风卷地白草折，胡天八月即飞雪。忽如一夜春风来，千树万树梨花开。散入珠帘湿罗幕，狐裘不暖锦衾薄。将军角弓不得控，都护铁衣冷犹著。瀚海阑干百丈冰，愁云惨淡万里凝。中军置酒饮归客，胡琴琵琶与羌笛。纷纷暮雪下辕门，风掣红旗冻不翻。轮台东门送君去，去时雪满天山路。山回路转不见君，雪上空留马行处。

这是一首咏雪送友之作。全诗句句咏雪，突出天山寒冷的特点。“北风卷地白草折”见风雪来势凶猛，“胡天八月即飞雪”中的“即”字，突出边塞早雪的特点；“忽如一夜春风来，千树万树梨花开”两句，新奇的比喻，把边塞雪景写得清新可爱，令人拍案叫绝；“瀚海阑干百丈冰”勾画了边塞雪景的瑰奇壮丽，“愁云惨淡万里凝”中的一个“愁”字，暗示了离别分手在即；“纷纷暮雪下辕门，风掣红旗冻不翻”二句，画面绚丽，用鲜红的军旗点缀银装素裹的大地，使色彩鲜明夺目，给人以昂扬向上的感觉；结尾四句写客归后的怅然心情，却又不离写雪。全诗写了别前、饯别、临别、别后四个不同的雪景画面，色彩绚丽，景致多样，堪称盛世大唐边塞诗的压卷之作。

岑参在边塞期间也写过一些怀土思亲的诗歌，为后人传诵的，如《逢入京使》：

故园东望路漫漫，双袖龙钟泪不干。

马上相逢无纸笔，凭君传语报平安。

诗人在赴任途中，邂逅京使，立马叙谈，托请京使带口信报平安。首句“故园东望路漫漫”是写眼前的实景，“路漫漫”三字，说明离家远；次句“双袖龙钟泪不干”写思乡之苦；“马上相逢无纸笔”中之“逢”字点题；末句“凭君传语报平安”，流露出思乡之深情。全诗“语浅情深”，缠绵而又不哀怨，为传诵千古之名作。

盛唐边塞诗人，还有王之涣、陶翰等，他们的诗风与高适、岑参相近。王之涣（688—742），字季凌，晋阳（今山西太原市西南）人，曾寓居蓟门，故被称为蓟门人。王之涣为人以孝、义著称。曾与高适、王昌龄等交往，诗文名震一时，留下“旗亭画壁”之美名。

据唐人薛用弱《集异记》卷二记载，开元中，王之涣、高适、王昌龄三人以诗齐名，不分高下。有一天，三位诗人去酒楼喝酒，适逢梨园官吏率十余子弟登楼宴饮。三人回避，观她们表演节目。四位妙龄梨园女子，依乐曲演奏当时名诗人诗歌。三位诗人打赌，看谁的诗入歌词多，谁就最优秀。第一位出场的歌女演唱了王昌龄《芙蓉楼送辛渐》“寒雨连江夜入吴”，王昌龄就用手指在墙壁上画一道：“我的一首绝句。”第二位歌女演唱高适《哭单父梁九少府》“开箧泪沾臆”，高适伸手画壁：“我的一首绝句。”第三位歌女演唱王昌龄《长信怨》“奉帚平明金殿开”，王昌龄又伸手画壁，说道：“两首绝句。”王之涣自以为出名很久，才名更高，指着其中最漂亮、最出色的一个说：“此女子必唱我的诗，不然我甘拜下风。”果如其言，那位绝色美女演唱王之涣的《凉州词二首》“黄河远上白云间”，王之涣得意至极，揶揄王昌龄和高适说：“怎么样，乡下人，我说的没错吧！”三位诗人开怀大笑，惊动梨园诸人，最后一起欢宴一天。

◎ 王之涣《登鹳雀楼》

王之涣仅存6首诗，有2首极为著名。一首是《登鹳雀楼》：“白日依山尽，黄河入海流。欲穷千里目，更上一层楼。”这是一首登高望远诗。诗歌对仗工整，写景波澜壮阔，蕴含哲理。“欲穷千里目，更上一层楼”，被后世视为追求理想境界的座右铭。另一首就是“旗亭画壁”中的“黄河远上白云间”（《凉州词二首》其一），全诗流露一股苍凉悲壮的慷慨之气，被后世评为唐人七绝压卷之作。

陶翰（生卒年不详），润州丹阳（今属江苏）人，开元十八年（730）擢进士第。陶翰写有一些边塞诗，多古意苍劲的悲壮风格。如《古塞下曲》：

进军飞狐北，穷寇势将变。日落沙尘昏，背河更一战。骍马黄金勒，雕弓白羽箭。射杀左贤王，归奏未央殿。欲言塞下事，天子不召见。东出咸阳门，哀哀泪如霰。

这是一首用古调写边塞的诗，表达了将士身经百战不得封赏的悲慨之情。

（五）秦时明月汉时关，万里长征人未还——王昌龄、崔颢等盛唐其他诗人

盛唐诗坛，除王维、孟浩然等山水诗人和高适、岑参等边塞诗人外，还有王昌龄、李颀、崔颢、王翰、祖咏等诗人。

王昌龄（？—756），字少伯，京兆长安（今陕西西安）人。幼时贫寒，开元十五年（727）进士，官汜水尉、校书

◎ 王昌龄《望月》

郎。后贬为江宁丞，再贬为龙标（今湖南洪江西）尉。因此，后人称之“王江宁”或“王龙标”。王昌龄擅长七言绝句，被誉为“七绝圣手”。后人辑有《王昌龄集》。

王昌龄在盛唐诗坛名冠一时，被称为“诗家天子王江宁”（《唐才子传》卷二）。王昌龄的诗主要以边塞诗、闺情宫怨诗和送别诗三类题材居多。其中成就最高的是边塞诗，代表作有《出塞二首》《塞下曲四首》和《从军行七首》等。如《出塞二首》其一：

秦时明月汉时关，万里长征人未还。
但使龙城飞将在，不教胡马度阴山。

此诗被明代李攀龙视为唐诗七绝压卷之作，是王昌龄的一首名作。首句写景，勾勒出一幅冷月照边关的画图，“秦”与“汉”、“月”与“关”，是互文见义，组成了一个寓意深厚的时空境界，不仅寄寓了对历史上献身边关者的同情，也表达了民族自豪感和千秋遗恨；“但使龙城飞将在，不教胡马度阴山”二句暗喻报国壮志、思念良将、渴望和平的愿望。长城与明月不仅是历史见证，也是触发诗人感想的媒介。此诗弦外之音，味外无穷。

◎ 王昌龄《观猎》

王昌龄《塞下曲四首》其二：

饮马渡秋水，水寒风似刀。
平沙日未没，黯黯见临洮。
昔日长城战，咸言意气高。
黄尘足今古，白骨乱蓬蒿。

“塞下曲”旧属乐府古题，多描写边塞战事。诗以长城为背景，描绘战争的残酷悲壮。前四句写塞外秋景，晚秋日落的荒景；后四句描写自古以来都是战场的长城，白骨成丘的荒凉景象。全诗写得触目惊心，表达了非战思想。

王昌龄还创作了以乐府旧题“从军行”来咏边塞的连章组诗七首，如：

烽火城西百尺楼，黄昏独上海风秋。
更吹羌笛关山月，无那金闺万里愁。（其一）

青海长云暗雪山，孤城遥望玉门关。
黄沙百战穿金甲，不破楼兰终不还。（其四）

大漠风尘日色昏，红旗半卷出辕门。
前军夜战洮河北，已报生擒吐谷浑。（其五）

这组诗，其一刻画了边疆戍卒深挚地怀乡思亲之情；其四抒写了戍边将士卫国立功的豪情壮志；其五写战争胜利的喜悦心情。这七首组诗，前三首写征夫、思妇的离思之苦；第四至六首写战争必胜的信心和民族自豪感；第七首是白描塞外战场的景色。这组诗意脉贯通，格调昂扬向上，非寻常儿女之情。

宫怨闺情诗，是王昌龄诗歌题材的第二类，这些写宫女、思妇的小诗，写得深挚婉曲，它深刻、细腻地表现了女性的内心世界。写宫女的诗，如《长信秋词五首》其一：

金井梧桐秋叶黄，珠帘不卷夜来霜。
熏笼玉枕无颜色，卧听南宫清漏长。

《长信秋词五首》是一组宫怨诗。“长信”原是汉代宫殿名，是太后之居所。据《三辅黄图》记载说：“长信宫，汉太后常居之……后宫在西，秋之象也。秋主信，故宫殿皆以长信、长秋为名。”诗的首句点题，以井边梧桐、深秋黄叶渲染环境气氛；诗中的“金井”“珠帘”“熏笼”“玉枕”等器物营造了一种萧瑟冷寂的环境，视线从外到内，从远到近，一个“清”、一个“长”字，刻画了女主人公因愁恨难眠的凄婉心境，“南宫”二字是点睛之笔，道破诗中人的怨情所注。

◎ 王昌龄《西宫秋怨》

此外，王昌龄还善于从心理的微妙变化，来刻画宫闺女子的内心世界，如《闺怨》：

闺中少妇不曾愁，春日凝妆上翠楼。
忽见陌头杨柳色，悔教夫婿觅封侯。

这是一首传统题材的闺怨诗。首句点出“不曾愁”；次句登楼赏春，铺垫下句；“忽见陌头杨柳色”句，触发少妇的联想；末句写登楼少妇的心理发生了变化。全诗紧扣少妇心理从“不曾愁”到“悔”的心理变化历程，意味隽永。

王昌龄赠别朋友的诗，写得感情真挚，颇具特色。如《芙蓉楼送辛渐二首》其一：

寒雨连天夜入湖，平明送客楚山孤。
洛阳亲友如相问，一片冰心在玉壶。

芙蓉楼原名西北楼，遗址在润州（今江苏镇江）西北角。诗的首句写迷蒙的烟雨笼罩着吴地江天，烘托了“平明送客楚山孤”的开阔意境；“洛阳亲友如相问，一片冰心在玉壶”比喻高洁清白的品格，“冰心”二字见于《宋书》卷九十二“冰心与贪流争激，霜情与晚节弥茂”，“玉壶”二字，见于鲍照《代白头吟》“直如朱丝绳，清如玉壶冰”。本诗借“冰心”“玉壶”的语意，深表自己的德行和品格。又如《送魏二》：

醉别江楼橘柚香，江风引雨入舟凉。
忆君遥在潇湘月，愁听清猿梦里长。

这是一首七绝送别诗。首句“醉别”叙事，写出酒浓情意深，大有“今日送君须尽醉，明朝相忆路漫漫”（贾至《送李侍郎赴常州》）之感；次句写朋友离开江楼上船的情景；末二句则是表惜别、叮咛、祝愿之情。首二句写实景，后二句则虚拟，陆时雍在《诗镜总论》中说“代为之思，其情更远”。

崔颢（？—754），汴州（今河南开封）人，以才名著称。崔颢游武昌，登黄鹤楼，写下了千古名篇《黄鹤楼》：

昔人已乘黄鹤去，此地空余黄鹤楼。
黄鹤一去不复返，白云千载空悠悠。
晴川历历汉阳树，芳草萋萋鹦鹉洲。
日暮乡关何处是？烟波江上使人愁！

黄鹤楼因楼在武昌黄鹤山（又名蛇山）而得名。黄鹤楼的传说有二，一是相传三国费祎曾在此楼乘鹤登仙，一是传说仙人王子安曾乘鹤途经并停留于此，故名黄鹤楼。鹦鹉洲，唐时在汉阳西南长江之中，到明代末年逐渐沉没，又因东汉末年祢衡作《鹦鹉赋》而得名。这首诗从传说中的黄鹤楼命名落笔，通过“昔人”与“黄鹤楼”的亘古沧桑变化及千载仍“悠悠”

飘着的“白云”，感慨万千；“日暮乡关何处是？烟波江上使人愁”，则把广袤、深邃的时空引向对于故乡的想念之中，一个“愁”字，把整首诗的意旨统摄于其中。严羽说：“唐人七言律诗，当以崔颢《黄鹤楼》为第一。”（《沧浪诗话》）

据说，此后李白登黄鹤楼，亦诗兴大发，当看到崔颢这首诗时，连称“绝妙、绝妙”，并写下了一首四句“打油诗”抒发感怀说：“一拳捶碎黄鹤楼，一脚踢翻鹦鹉洲，眼前有景道不得，崔颢题诗在上头。”（《唐诗纪事》）于是便搁笔不写了。山川景观，文人墨客，相互倚重生辉，黄鹤楼之名更加显赫。

崔颢曾经南游到吴越一带，仿效江南民歌“对答体”，写了几首清新的小短诗，如《长干曲四首》：

君家何处住？妾住在横塘。
停船暂借问，或恐是同乡。（其一）

家临九江水，来去九江侧。
同是长干人，自小不相识。（其二）

“长干曲”，又作“长干行”，本来是六朝乐府“杂曲歌辞”的调名，是长江下游一带流行的民歌，以抒唱青年男女的生活和爱情为主要内容。这两首诗以最富戏剧性的人生片段的对答，描绘了萍水相逢的青年男女的情爱，用白描手法，把人物形象刻画得栩栩如生，深得六朝民歌精髓。

李颀与崔颢大约同时，在当时颇负盛名。李颀（？—约753），祖籍赵郡（今河北赵县），长期居住颍阳（今河南登封西）。进士及第后，曾作《缓歌行》说："男儿立身须自强，十年闭户颍水阳。业就功成见明主，击钟鼎食坐华堂。二八蛾眉梳堕马，美酒清歌曲房下。"此诗典型地反映了寒俊之士对功名富贵的憧憬之情。李颀以边塞诗、音乐诗获誉于世，七言歌行最具特色。

为李颀带来巨大声誉的是边塞诗，其中较为著名的是《古从军行》：

> 白日登山望烽火，黄昏饮马傍交河。行人刁斗风沙暗，公主琵琶幽怨多。野云万里无城郭，雨雪纷纷连大漠。胡雁哀鸣夜夜飞，胡儿眼泪双双落。闻道玉门犹被遮，应将性命逐轻车。年年战骨埋荒外，空见蒲桃入汉家。

"从军行"是乐府古题，题目加上一个"古"字，避讳犯忌。此诗借古题写时事，借汉皇开边，讽玄宗用兵。全诗分三层，首四句为第一层，通过"白日""黄昏"的繁忙，"琵琶幽怨"的凄凉景象，写从军生活的紧张；中间四句为第二层，通过“野云万里”“雨雪纷纷”“胡雁哀鸣”等一片冷酷寒景的描写，渲染边陲的环境；最后四句为第三层，“年年战骨埋荒外，空见蒲桃入汉家”为全诗画龙点睛之笔，“空见”二字，讽喻之意，力透纸背。最后两句也是历来传诵的名句。

李颀为后人所称道的，还有两首写音乐的诗篇，即《听董大弹胡笳声兼寄语弄房给事》和《听安万善吹觱篥歌》。如《听董大弹胡笳声兼寄语弄房给事》：

蔡女昔造胡笳声，一弹一十有八拍。胡人落泪沾边草，汉使断肠对归客。古戍苍苍烽火寒，大荒沉沉飞雪白。先拂商弦后角羽，四郊秋叶惊摵摵。董夫子，通神明，深山窃听来妖精。言迟更速皆应手，将往复旋如有情。空山百鸟散还合，万里浮云阴且晴。嘶酸雏雁失群夜，断绝胡儿恋母声。川为静其波，鸟亦罢其鸣。乌孙部落家乡远，逻娑沙尘哀怨生。幽音变调忽飘洒，长风吹林雨堕瓦。迸泉飒飒飞木末，野鹿呦呦走堂下。长安城连东掖垣，凤凰池对青琐门。高才脱略名与利，日夕望君抱琴至。

这是一首七言古体长诗。通过董大（董庭兰，当时著名琴师）弹奏《胡笳弄》来赞赏他演奏技巧的高超，并以此寄房给事（房琯）。全诗巧妙地把董大的琴声、演技与历史背景和人物的感情结合起来。通过丰富的想象，借山川、风云、鸟兽、人的悲泣，形象地描摹琴声的各种变化，化抽象为具体可感的形象。这是较早描写音乐的诗，对后世白居易、韩愈、李贺等人描写音乐的诗篇有所启发。

盛唐诗人群体中，值得一提的还有王翰、祖咏。王翰（生卒年不详）字子羽，并州晋阳（今山西太原）人。王翰的诗歌感情奔放，词采华茂，为人所爱。代表作是《凉州词》：

葡萄美酒夜光杯，欲饮琵琶马上催。
醉卧沙场君莫笑，古来征战几人回！

这首《凉州词》是王翰诗的代表作。首二句言事，写战罢归营，摆酒庆功，欲开怀畅饮，怎奈琵琶声促，催人出征；后两句言情，莫笑战士醉卧沙场，“古来征战几人回”，用夸张的手法写出边陲战争的残酷。全诗把将士们视死如归的豪情壮志表现得淋漓尽致。

祖咏（生卒年不详），洛阳（今属河南）人。祖咏的诗作以描写山水为主，辞意清新，文字流练。他与王维交情深厚，有诗唱和。王维《赠祖三咏》一诗说：“结交二十载，不得一日展。贫病子既深，契阔余不浅。”可见其一生困顿失意，仕途坎坷，生计维艰。其诗作以《终南望余雪》和《望蓟门》两首诗为最著名。如《终南望余雪》：

终南阴岭秀，积雪浮云端。
林表明霁色，城中增暮寒。

这是祖咏成名之作，此诗是应试时写的。据传，年轻时的祖咏去长安应考，考题是“终南望余雪”，按要求写一首六韵十二句的五言长律。祖咏构思后，写下了以上四句，并觉得意思表达完整。考官让他按要求重写，他坚持己见，认为多写有画蛇添足之感。考官不悦，没有录取祖咏。另一首《望蓟门》：

燕台一望客心惊，箫鼓喧喧汉将营。
万里寒光生积雪，三边曙色动危旌，
沙场烽火连胡月，海畔云山拥蓟城。
少小虽非投笔吏，论功还欲请长缨。

这是一首吊古感今之作。首联起句突兀，暗用典故，说北望蓟门，借郭隗、乐毅等士去后，燕国即被秦所灭，故“客心惊”。颔联、颈联写景雄丽。全诗扣紧一个“望”字，写“望”中所见、所感。全诗格调高昂，描写塞上沙场景色，波澜壮阔，尤其是“万里寒光生积雪，三边曙色动危旌”为有名的佳句。

肆

诗运中天，中唐诗人

唐诗发展的第三个时期，就是文学史上所谓的“中唐时期”。中唐诗歌又可分为前后两个时期，大历至贞元为前期，贞元至元和为后期。前期出现了以刘长卿、韦应物为主的山水诗创作，以钱起、卢纶等“大历十才子”和李益的边塞诗创作，以及元结、顾况、戴叔伦等人的诗歌创作。后期出现了以元稹、白居易为代表，张籍、王建、李绅等人参加的新乐府运动，以韩愈、孟郊为主的韩孟诗派的诗歌创作，以及柳宗元、刘禹锡等人的诗歌创作，风格奇谲怪诞的李贺诗歌创作，等等。

（一）春潮带雨晚来急，野渡无人舟自横——刘长卿、韦应物与大历其他诗人

中唐是唐诗发展的又一个高峰。刘长卿和韦应物是两位在艺术上各有擅长的重要山水诗人。

刘长卿（？—约789），字文房，河间（今属河北）人。刘长卿“以诗驰名上元、宝应间”（《唐诗纪事》），擅长近体诗，尤工五律，自诩为“五言长城”。有《刘随州诗集》。

刘长卿曾经两次遭到贬谪，他的诗作既有感伤身世之作，又有反映安史之乱后给中原带来战后凋敝荒凉景象之作。如《穆陵关北逢人归渔阳》：

逢君穆陵路，匹马向桑乾。
楚国苍山古，幽州白日寒。
城池百战后，耆旧几家残。
处处蓬蒿遍，归人掩泪看。

◎ 刘长卿《苕溪酬梁耿别后见寄》

穆陵关，地名，在今湖北麻城北面；渔阳，地名，治所在今天津蓟县。这首诗典型地表现了“安史之乱”以后，诗人们世事沧桑、凄凉伤怀的特殊心态。首联写相逢地点和行客去向；颔联写南北形势，忧国忧己，以及担心行客；颈联、尾联描写长期战乱，城郭毁坏，土著大族凋残，满眼废墟、凄草，人不忍悲。颔联“楚国苍山古，幽州白日寒”，在景物描绘中暗示形势的严峻和诗人的忧心，以概括、精练的语言统摄全篇。

刘长卿也写过一些怀古伤今的作品，借此倾吐怀才失意、受贬谪的心情，如《长沙过贾谊宅》：

三年谪宦此栖迟，万古惟留楚客悲。
秋草独寻人去后，寒林空见日斜时。
汉文有道恩犹薄，湘水无情吊岂知？
寂寂江山摇落处，怜君何事到天涯！

这首诗被认为是唐代七律诗精品。首联既为自己“三年谪宦”的遭际鸣不平，同时痛惜古人贾谊；颔联融情入景，又暗用了《鹏鸟赋》的典故，以今日独特的荒寒、冷落、萧条的景象，烘托古人、今人的悲苦意绪；颈联论古伤今，将暗讽的矛头笔墨曲折地指向当朝皇帝；尾联怜惜古人无辜被排斥到“天涯”，似借贾谊自比，实写自己当日的孤寂落寞。

刘长卿写山水隐逸生活的诗，造境幽远，含意婉曲，抒情写景达到优美的境界，如《寻南溪常山道人隐居》：

一路经行处，莓苔见履痕。
白云依静渚，春草闭闲门。
过雨看松色，随山到水源。
溪花与禅意，相对亦忘言。

此诗写寻隐者不遇，却领悟到“禅意”之妙。诗题为“寻”，首联写一路“寻”来；颔联写远望和近看，一路“寻”的结果是到了隐士的居处；颈联写隐者不遇，看松寻源，别有情趣；尾联写“溪花”而“悟”禅理之无为。中间两联写景，赏心悦目，写出山中隐居的悠闲、景色的恬静，诗人以这样幽僻的山水、松色自我陶醉，却陷入枯寂的禅思之中，从中领悟到生活的真谛。全诗结构紧凑严密，紧扣主题。

刘长卿写的一些山水小诗，创造了很多清新隽永，给人回味无穷的艺术享受和魅力。如《逢雪宿芙蓉山主人》：“日暮苍山远，天寒白屋贫。柴门闻犬吠，风雪夜归人。”此诗写雪夜诗人投宿山村的见闻，寥寥数语，让人倍感亲切。又如

◎ 刘长卿《逢雪宿芙蓉山主人》

《送灵澈上人》："苍苍竹林寺，杳杳钟声晚。荷笠带斜阳，青山独归远。"这首小诗写诗人送著名诗僧灵澈返回竹林寺的情景，构思精巧，写景清晰，是中唐山水诗名篇之一。

韦应物（约737—791），京兆万年（今陕西西安）人。先后为洛阳丞，京兆府功曹参军，滁州、江州、苏州刺史，贞元七年退职，贫居苏州城外永定寺。世称韦江州、韦左司或韦苏州。韦应物是山水田园诗派诗人，后人常把王维、孟浩然、韦应物、柳宗元作为唐代山水田园诗人的代表。有《韦苏州集》。

韦应物的山水诗，写景清新，抒情细腻，山水景致生机盎然。如《观田家》：

> 微雨众卉新，一雷惊蛰始。田家几日闲，耕种从此起。丁壮俱在野，场圃亦就理。归来景常晏，饮犊西涧水。饥劬不自苦，膏泽且为喜。仓廪无宿储，徭役犹未已。方惭不耕者，禄食出闾里。

这是一首田园诗。韦应物的田园诗以陶渊明为榜样，以质朴平淡的笔调抒写田家生活，后人常以"陶韦"并称。这首诗通过农民辛勤耕作一年，仍食不果腹，揭示了社会赋税徭役的繁重和社会制度的不合理。这首诗比王维《渭川田家》、孟浩然《过故人庄》更接近农家生活。韦应物对山水田园诗的贡献在于继承陶渊明归田学农外，开启了伤时悯农的主题。

韦应物的山水诗，“高雅闲淡，自成一家之体”（白居易《与元九书》），其代表作如《寄全椒山中道士》：

今朝郡斋冷，忽念山中客。
涧底束荆薪，归来煮白石。
欲持一瓢酒，远慰风雨夕。
落叶满空山，何处寻行迹。

这是一首寄赠诗，表达对山中道士的思念之情。一个“冷”字，是全诗的关键，全诗也由此而展开，一个“念”字，怀念之情溢于言表，一个“慰”字，显友情之深。然而“落叶满空山，何处寻行迹”句，道出了道士的行踪，似空山落叶，无法寻访。据说，苏东坡很爱这首诗。《许彦周诗话》记载：“韦苏州诗：‘落叶满空山，何处寻行迹？’东坡用其韵曰：‘寄语庵中人，飞空本无迹。’此非才不逮，盖绝唱不当和也。”

韦应物的山水诗，有名的还有《滁州西涧》：

独怜幽草涧边生，上有黄鹂深树鸣。
春潮带雨晚来急，野渡无人舟自横。

◎ 韦应物《滁州西涧》

这是韦应物的代表作之一，山水诗名篇，写于唐德宗建中二年（781）诗人出任滁州刺史期间。首二句写春日所见所感，“独怜幽草涧边生”写静景，“上有黄鹂深树鸣”则写动景，动静结合，把诗人豁达、开朗，随缘自适的心情表达了出来。后二句“春潮带雨晚来急，野渡无人舟自横”，则描绘了傍晚阴雨时分荒津野渡的景色。诗中的“幽草”“黄鹂”“春潮”“野渡”“无人舟”等构成一幅萧疏淡远的意境，颇有“一片神行”之感。

中唐与刘长卿、韦应物同时的诗人，还有钱起、卢纶等为代表的“大历十才子”和李益。

“大历十才子”实际上是以大历时期十位诗人为代表的一个诗歌流派。“十才子”之名，最早见于姚合《极玄集》，包括李端、卢纶、吉中孚、韩翃、钱起、司空曙、苗发、崔峒、耿湋、夏侯审。“大历十才子”大多是失意的中下层士大夫，也多半是依附权门清客，以诗齐名，且互相唱和。他们诗作的主要内容是投献、应酬、送别和写景。

在“大历十才子”中，被公认为十才子之冠的钱起，与刘长卿并称“钱刘”。钱起（约720—约782），字仲文，吴兴（今浙江湖州）人，天宝十载（751）赐进士第一人，曾任考功郎中，故世称“钱考功”。有《钱考功集》。

钱起的名作是他的应试诗《省试湘灵鼓瑟》，这首诗成为唐代300年间公认的试帖诗的范本。

> 善鼓云和瑟，常闻帝子灵。冯夷空自舞，楚客不堪听。苦调凄金石，清音入杳冥。苍梧来怨慕，白芷动芳馨。流水传潇浦，悲风过洞庭。曲终人不见，江上数峰青。

这是一首省试时的试帖诗。“湘灵鼓瑟”摘自《楚辞·远游》“使湘灵鼓瑟兮，令海若舞冯夷”句。此诗语意分为三层：首二句赞扬湘灵善于鼓瑟，概括题旨、点题；中间八句为第二层，描绘湘灵瑟曲的神奇力量，想象丰富；末两句“曲终人不见，江上数峰青”为第三层，紧扣题目，渲染环境气氛，引起对曲终人尽的怅惘。

钱起的投献诗，其代表性的作品如《赠阙下裴舍人》：

二月黄莺飞上林，春城紫禁晓阴阴。
长乐钟声花外尽，龙池柳色雨中深。
阳和不散穷途恨，霄汉常怀捧日心。
献赋十年犹未遇，羞将白发对华簪。

这首诗的弦外之音是希望舍人给予援引。首四句写景，由于运用了“景语”，虽无一字写裴舍人，却句句恭维，不露痕迹。末四句自伤不遇，写到请求援引的题旨上。全诗隐约曲折地表达了恭维、求援之意。尤其是“长乐钟声花外尽，龙池柳色雨中深”，是“标雅古今”的名句。

◎ 钱起《暮春归故山草堂》

此外，钱起的诗在吟咏山水、寄情闲逸上，也有佳作，如《暮春归故山草堂》：“谷口春残黄鸟稀，辛夷花尽杏花飞。始怜幽竹山窗下，不改清阴待我归。”此诗“谷口”二字，暗示了“故山草堂”之所在；“春残”二字，扣题中“暮春”。首二句写春逝景残；“始怜幽竹山窗下，不改清阴待我归”，写诗人怜竹、幽竹“待我”之情，寄寓赞美之情。清人郑板桥有“四时花草最无穷，时到芬芳过便空。唯有山中兰与竹，经春历夏又秋冬”（《兰竹诗》）一诗，其情趣与意境，和钱诗相似。

卢纶是“大历十才子”中较有特色的诗人，诗风较为雄壮。卢纶（约742—约799），字允言，河中蒲（今山西永济西南）人。有《卢纶诗集》。

卢纶生逢乱世，其诗多感世伤时之作，也有气势雄浑壮美之作，如《和张仆射塞下曲》：

林暗草惊风，将军夜引弓。
平明寻白羽，没在石棱中。（其二）

月黑雁飞高，单于夜遁逃。
欲将轻骑逐，大雪满弓刀。（其三）

组诗共6首，因为是和张仆射之作，诗歌内容主要写军营生活，语多赞美之意。此其第二、三首，第二首写将军夜猎的典型情节，表现了将军的勇武。诗取材于《史记·李将军列传》“广出猎，见草中石，以为虎而射之。中石没镞，视之石也”这一富有戏剧性的经历。第三首“月黑雁飞高，单于夜遁逃”句，写敌军溃退；三、四句写我军准备追击的场面，“大雪满弓刀”句烘托了情绪气氛。

卢纶的写景抒情诗，由于结合家国身世之感，具有真切感人的艺术魅力。如《晚次鄂州》：

云开远见汉阳城，犹是孤帆一日程。
估客昼眠知浪静，舟人夜语觉潮生。
三湘衰鬓逢秋色，万里归心对月明。
旧业已随征战尽，更堪江上鼓鼙声。

这是一首写景抒怀诗。首联扣题写“晚次鄂州”，不露痕迹；颔联“估客昼眠知浪静，舟人夜语觉潮生”写舟中情景，是写动静结合的名句；颈联抒发身世之感和思乡之情；尾联抒发诗人的感慨。全诗以截取漂泊生活的片段来反映广阔的社会背景，流露出思归、伤老、厌战的感情。全诗淡雅含蓄，味久弥甘。

“大历十才子”中其他诗人的代表性诗作有：

钓罢归来不系船，江村月落正堪眠。
纵然一夜风吹去，只在芦花浅水边。

（司空曙《江村即事》）

月落星稀天欲明，孤灯未灭梦难成。

披衣更向门前望，不忿朝来鹊喜声。（李端《闺情》）

春城无处不飞花，寒食东风御柳斜。
日暮汉官传蜡烛，轻烟散入五侯家。（韩翃《寒食》）

在大历诗坛上，李益以边塞诗独树一帜，成就很高，时代略晚于十才子。李益（748—约829），字君虞，陇西姑臧（今甘肃武威）人。官至礼部尚书。李益长于歌诗，与宗人李贺齐名。有《李君虞诗集》。

◎ 李益《汴河曲》

李益边塞诗的主要内容表现在以下几个方面：

一是抒发自己的报国情怀，如《塞下曲》：

伏波惟愿裹尸还，定远何须生入关。
莫遣只轮归海窟，仍留一箭射天山。

这首诗连用马援、班超和薛仁贵三个典故。“伏波惟愿裹尸还”句，写东汉马援屡立战功，被封为伏波将军，他曾经说：“男儿要当死于边野，以马革裹尸还葬耳。”“定远何须生入关”，写东汉班超投笔从戎的故事，年老上书皇帝，请求调回，有“但愿生入玉门关”句。“一箭射天山”，说的是唐初薛仁贵“三箭定天山”的故事。这三个典故既表达了悲壮的献身精神，又充满豪迈的灭敌自信，反映了当时人民要安边定远的心愿。

二是描写边塞风光和军旅生活的诗篇，如《从军北征》：

天山雪后海风寒，横笛偏吹行路难。
碛里征人三十万，一时回向月明看。

这首诗浓缩了一幅壮阔悲凉的行军夜宿的场景。诗的首句将地域、季节、气候交代清楚，渲染了行军的环境气氛；“横笛偏吹行路难”一句，折射出了征人的心情；“碛里征人三十万，一时回向月明看”两句，抒情中既透露了思乡怨战的情绪，又描绘出一幅壮阔而又悲伤地场景，“回向月明看”是军中笛声引起的共鸣。又如《夜上受降城闻笛》：

回乐峰前沙似雪，受降城下月如霜。
不知何处吹芦管，一夜征人尽望乡！

这是一首抒写戍卒思乡之诗。受降城，是灵州治所回乐县的别称。首二句简笔勾勒边塞荒凉、月光如霜的夜景；末二句写幽怨的芦笛声勾起将士的思乡之情。全诗意境感人，是历来传诵的名篇。

此外，李益还有一些写得境界爽朗明快的小诗，如《江南词》：

> 嫁得瞿塘贾，朝朝误妾期。
> 早知潮有信，嫁与弄潮儿。

这首闺怨诗写商妇独守空闺的痛苦。在唐代，以闺怨为题材的诗主要有二：一是怨商人语；一是思征夫词。这首诗写踪迹无定的商人长年经商在外，居家孤寂少妇，因潮水有信，故突发奇想，后悔没有嫁弄潮儿，把少妇由盼生怨、由怨生悔的心理过程刻画出来，看似荒唐之语，却显至情至理。这类明快的小诗，又如《喜见外弟又言别》：

> 十年离乱后，长大一相逢。
> 问姓惊初见，称名忆旧容。
> 别来沧海事，语罢暮天钟。
> 明日巴陵道，秋山又几重。

这首诗用白描的手法，描写了乱离中人生聚散的典型场面，表达了离别哀伤之感。首联开门见山，点明相逢是在“十年离乱后”的背景下，句中“一”字表达了戏剧性的相逢；颔联正面描写重逢，从“问”到“称”，从“惊”到“忆”，抓住了典型细节刻画心理变化；颈联以“沧海事”概括人生往事，倾诉别情；尾联点出聚散匆匆。全诗语言质朴、凝练，层次分明，形象生动。

李益擅长绝句，尤工七绝。明代胡应麟《诗薮》说：“七言绝，开元以下，便当以李益为第一，如《夜上西城》《从军北征》《受降》《春夜闻笛》诸篇，可与大白、龙标（王昌龄）竞爽，非中唐得有也。”

（二）天街小雨润如酥，草色遥看近却无——韩孟诗派与柳宗元、刘禹锡等诗人

唐代诗歌发展到贞元、元和年间，出现了第二次高潮，这也是中唐诗歌发展的后期阶段。其中以韩愈、孟郊为核心、风格相近的诗人群体被称为“韩孟诗派”；以元稹、白居易为中心，风格相近的诗人群体被称为“元白诗派”；在韩孟和元白两派诗人群体之外，柳宗元和刘禹锡也是这一时期优秀的诗人，他们在中唐诗坛上都能各树一帜。

韩愈和孟郊在诗歌创作上开创了一个诗派，文学史上称

为“韩孟诗派”，其追随者和受其影响的诗人有贾岛、卢仝、马异、刘叉等人。作为一个诗歌流派，韩愈、孟郊等人提出了自己的理论主张。一是“不平则鸣”说，在《送孟东野序》中，韩愈指出：“大凡物不得其平则鸣……人之于言也亦然，有不得已者而后言。其歌也有思，其哭也有怀，凡出乎口而为声者，其皆有弗平者乎！”韩愈的“不平则鸣”说，是指诗歌抒发内心不平情感的功能。二是“笔补造化”说，孟郊在《赠郑夫子鲂》中说：“天地入胸臆，吁嗟生风雷。文章得其微，物象由我裁。宋玉逞大句，李白飞狂才。苟非圣贤心，孰与造化该？”孟郊主张将天地纳入“胸臆”之中，“由我”来裁夺，发挥诗思的创造性，才能“裁”物象，“该”造化，吁嗟之间而生风雷之象。韩愈在《调张籍》中亦有将天地纳入自我“胸臆”而尽情裁夺之的创造性的诗思。他说：“李杜文章在，光焰万丈长……想当施手时，巨刃磨天扬……我愿生两翅，捕逐出八荒。精诚忽交通，百怪入我肠。刺手拔鲸牙，举瓢酌天浆……”意思是说让创造性的诗思上天入地，呼精灵，唤鬼怪，“拔鲸牙”，“酌天浆”，从中裁夺物象，造境立意。三是在创作风格上，韩孟诗派特别崇尚雄奇怪异之美。在此基础上，韩孟诗派形成了一套系统的诗歌创作理论。

韩愈（768—824），字退之，河阳（今河南孟州南）人，自称郡望昌黎，故后人多称韩昌黎。韩愈出身于小官吏家庭，幼丧父，由兄韩会抚养成人。晚年任吏部侍郎，又称韩吏部。

◎ 韩愈《奉和虢州刘给事使君三堂新题二十一咏·北楼》

谥号“文”，又称韩文公。韩愈是唐代古文运动的倡导者，宋代苏轼称他“文起八代之衰”，明人推他为唐宋八大家之首，与柳宗元并称“韩柳”，与杜甫并提，有“杜诗韩文”之称，还有“百代文宗”之名等。

韩愈一生，在政治、文学方面都有所建树，而主要成就是文学。韩愈反对魏晋以来的骈文，提倡古文。由于他和柳宗元等人的倡导，终于形成了唐代古文运动，开辟了唐宋以后古文的发展道路。

韩愈今存诗300余首，总的来说，韩愈不把诗歌作为讽喻时政、干预现实的手段，他的诗歌内容主要是纪游、写景、抒怀、唱和之作。这些作品能突出地表现诗人的创作特色，如《山石》：

山石荦确行径微，黄昏到寺蝙蝠飞。升堂坐阶新雨足，芭蕉叶大栀子肥。僧言古壁佛画好，以火来照所见稀。铺床拂席置羹饭，疏粝亦足饱我饥。夜深静卧百虫绝，清月出岭光入扉。天明独去无道路，出入高下穷烟霏。山红涧碧纷烂漫，时见松枥皆十围。当流赤足踏涧石，水声激激风吹衣。人生如此自可乐，岂必局束为人鞿。嗟哉吾党二三子，安得至老不更归。

这是一首清新明快的记游诗。诗以“山石”为题，却不以“山石”为歌咏对象。全诗20句，可分为四个部分：前面四句写黄昏到寺所看到的景色；“僧言古壁佛画好”至“清月出岭光入扉”六句为第二层，写在寺庙住宿的情景；第三层从“天明独去无道路”至“水声激激风吹衣”六句，写次日清晨离开寺庙在路上的所见所感；最后四句为第四层，抒写情怀。在写法上，《山石》汲取了游记散文的手法，按照行程的顺序和时间，表现从“黄昏到寺”“夜深静卧”到“天明独去”的所见、所闻和所感，是一篇散文体的山水游记诗，也是韩愈“以文为诗”结构笔法的杰作。

韩愈写景的一些小诗，状物写景准确、精工细致，如《早春呈水部张十八员外二首》其一：

天街小雨润如酥，草色遥看近却无。
最是一年春好处，绝胜烟柳满皇都。

此诗勾画了一幅精妙的早春风景图画。这是韩愈写给当时的水部员外郎张籍的诗，由于张籍在兄弟辈中排行十八，所以称“张十八”。诗的首句“润”字写出了春雨的及时与可贵；次句“草色遥看近却无”，这是全诗的警句，也是流传千古的佳句；末二句作者由衷地赞美早春，直抒胸臆。此诗与杜甫的“好雨知时节，当春乃发生。随风潜入夜，润物细无声”(《春夜喜雨》)有异曲同工之妙。

韩愈力倡复古，反对骈俪，其诗多古体而少近体，然其近体之作亦有意境浑厚的佳作。如《左迁至蓝关示侄孙湘》：

一封朝奏九重天，夕贬潮阳路八千。
欲为圣朝除弊事，肯将衰朽惜残年！

云横秦岭家何在？雪拥蓝关马不前。
知汝远来应有意，好收吾骨瘴江边。

韩愈终身辟佛，因晚年上《论佛骨表》，触怒人主宪宗，由刑部侍郎贬为潮州刺史。潮州在今广东东部。当韩愈抵达离京师不远的蓝田县时，他的侄孙韩湘赶来同行，诗人有感而发，写下了这首慷慨激昂的名篇。诗的首联别开境界，“朝奏”“夕贬”“九重天”“路八千”等，对比鲜明，高度概括；颔联用“流水对”，承接上文，写被贬之冤；颈联就景抒情，“云横”“雪拥”二句，“横”状广度，“拥”状高度，境界雄阔；尾联写被贬之悲。全诗气势磅礴，具有震撼人心的力量。

韩孟诗派的另一个代表人物是孟郊。孟郊（751—814），字东野，湖州武康（今浙江德清）人。孟郊一生潦倒，仕途失意，他性格孤直，不肯逐于流俗。现存诗歌以短篇的五言古诗最多，没有一首律诗。有《孟东野诗集》。

孟郊的诗，备受韩愈推崇，时人有“孟诗韩笔”之誉。孟郊和同样以苦吟著称的贾岛诗风相近，有“郊寒岛瘦”（苏轼《祭柳子玉文》）之称。所谓“郊寒”，不仅指自己以及不幸者的穷苦生活，也指自己对人生痛苦认识和孤寂感受。这样两方面出色的描写，使孟郊的诗引起后代的共鸣。孟郊作品中，一些关注社会、反映下层民众生活的诗作写得出色，如《寒地百姓吟》：

无火炙地眠，半夜皆立号。冷箭何处来，棘针风骚劳。霜吹破四壁，苦痛不可逃。高堂搥钟饮，到晓闻烹炮。寒者愿为蛾，烧死彼华膏。华膏隔仙罗，虚绕千万遭。到头落地死，踏地为游遨。游遨者是谁？君子为郁陶！

诗人把寒地百姓与富贵人家的苦乐不均的生活作了鲜明的对照。前六句写在贫寒痛苦中挣扎的百姓，他们因过度的严寒而半夜难眠，寒冷的冬日夜晚，寒风如冷箭、刺针般刺骨，破落的房屋无法防御冷风，一家人只能站立哭号。中间以“高堂搥钟饮，到晓闻烹炮”二句写贵族们在同样夜晚的生活享受。诗人采用两种不同生活画面对比的写作方式，展示寒地百姓的悲惨境遇。贫寒者甚至愿意化为飞蛾，扑进富贵者的“华膏”取暖。由此，可以看出诗人心情的沉痛。

孟郊除了写上述风格的诗歌外，还写了一些语言平易、情感深厚、风格朴实的作品。如《游子吟》：

慈母手中线，游子身上衣。
临行密密缝，意恐迟迟归。
谁言寸草心，报得三春晖。

这是一首母爱的颂歌。孟郊一生穷愁潦倒，50岁时，谋到做溧阳县尉的差事，任职期间去接母亲，有感母亲的慈爱，作《游子吟》诗一首，题下有“迎母溧上作”。诗的前两句，用“线”与“衣”将“慈母”与“游子”联系在一起，写出了母子骨肉情深；中间两句通过慈母缝衣的动作和心理的刻画，深化骨肉之情；最后两句是作者直抒胸臆，借小草不能报答阳光的恩泽，对母爱作尽情的讴歌。苏轼在《读孟郊诗》中说“诗从肺腑出，出辄愁肺腑”，其真切感人之处亦在此。

孟郊还写有一首别具一格的小诗《登科后》，后人多为称道。

昔日龌龊不足夸，今朝放荡思无涯。
春风得意马蹄疾，一日看尽长安花。

这首诗有“春风得意”与“走马看花”两个成语为人们所熟知。唐贞元十二年（796），46岁的孟郊进士及第。放榜之日，孟郊狂喜不已，写下了平生第一首快诗《登科后》。前两句直抒胸臆，昔日的困顿与局促不安，不值得一提，而今金榜题名，真有说不完的畅快。后两句形象地描绘了诗人志得意满的情态，发榜时，长安春花烂漫，诗人有“春风得意马蹄疾，一日看尽长安花”的感慨。

贾岛和孟郊同样以“苦吟”著名。贾岛（779—843），字浪仙，范阳（治今河北涿州）人。贾岛的诗以清奇僻苦著

◎ 贾岛《寻隐者不遇》

称，诗歌多描写自然风景，词意曲折，诗境平淡。如《寻隐者不遇》：

松下问童子，言师采药去。
只在此山中，云深不知处。

这是一首寓问于答的问答诗，淋漓尽致地描摹、刻画了寻访不遇的焦急心情。此外，贾岛还有一首大家比较熟悉的诗《题李凝幽居》：

闲居少邻并，草径入荒园。
鸟宿池边树，僧敲月下门。
过桥分野色，移石动云根。
暂去还来此，幽期不负言。

这诗以“鸟宿池边树，僧敲月下门”一联著称。全诗抒写诗人寻访友人李凝未遇的寻常小事。据《唐诗纪事》记载，贾岛到京师赶考，一天骑驴想到诗句“鸟宿池边树，僧敲月下门”。始欲作“推”，又欲“敲”，反复推敲，做手势，不觉中撞上时任吏部侍郎的韩愈。左右把他带到韩愈面前，贾岛说明原委。韩愈立马沉吟良久，说："作'敲'字佳矣。"后世遂称斟酌字句、反复考虑为"推敲"。此诗首联写李凝"幽居"的环境，暗示其隐士身份；颔联写诗人月夜来访，池边树上的鸟儿已入梦乡；颈联中"桥"字承上"池"字，"野"字、"云"字承上"荒"字，用"分野色""动云根"表现"幽居"之"幽"；尾联点出"幽"的主旨和诗人的幽情。

韩孟诗派之外，刘禹锡、柳宗元是中唐诗坛两位重要诗人，他们的诗对后世的影响较大，且能各树一帜。

刘禹锡（772—842），字梦得，洛阳（今属河南）人。贞元九年（793）与柳宗元同榜登进士第，接着又登宏词科。后入朝授太子校书，开始踏上仕途。最后，官至检校礼部尚书。世称"刘宾客""刘尚书"。生前与白居易齐名，世称"刘白"。白居易则称他为"诗豪"。有《刘梦得文集》。

◎ 刘禹锡

刘禹锡的诗歌主要是贬谪期间的作品，但是他始终对人生充满信心和积极进取的精神，充满着人生的哲理。如《酬乐天扬州初逢席上见赠》：

巴山楚水凄凉地，二十三年弃置身。

怀旧空吟闻笛赋，到乡翻似烂柯人。

沉舟侧畔千帆过，病树前头万木春。

今日听君歌一曲，暂凭杯酒长精神。

这是一首酬赠诗。唐敬宗宝历二年（826），刘禹锡和白居易在扬州不期而遇，在筵席上，白居易写了一首诗相赠：“为我引杯添酒饮，与君把箸击盘歌。诗称国手徒为尔，命压人头不奈何。举眼风光长寂寞，满朝官职独蹉跎。亦知合被才名折，二十三年折太多。”（《醉赠刘二十八使君》）刘禹锡便写了《酬乐天扬州初逢席上见赠》来酬答他。全诗感情真挚，尤其是颈联“沉舟侧畔千帆过，病树前头万木春”蕴含深刻的人生哲理，极具艺术感染力。

◎ 刘禹锡《潇湘神二曲》其二

刘禹锡这类充满着人生哲理和乐观精神，蕴含高洁的人格魅力的诗作，又如《秋词二首》其一：

自古逢秋悲寂寥，我言秋日胜春朝。
晴空一鹤排云上，便引诗情到碧霄。

诗人一反悲秋的文人传统，赋予秋一种引导生命力的力量，也是一首昂扬的励志诗。首句点出古今皆然的逢秋而悲的传统；次句标新立异推翻悲秋主题；三、四句则勾勒出一幅壮丽的秋景图，引诗情到高空。全诗直抒胸臆，表现了诗人对宇宙生生不息的领悟。

刘禹锡最为称道的是咏史怀古的诗作。他的咏史诗多借咏史寄托他对国事的关心和对历史兴亡的理性认识。如《西塞山怀古》：

西晋楼船下益州，金陵王气黯然收。
千寻铁锁沉江底，一片降幡出石头。
人世几回伤往事，山形依旧枕江流。
今逢四海为家日，故垒萧萧芦荻秋。

这是一首吊古抚今的诗作。穆宗长庆四年（824），刘禹锡由夔州刺史调任和州刺史，途径今湖北大冶东面的西塞山，有感而作。诗的前四句写西晋东下灭吴，国家统一是历史必然；后四句则借此事发感慨，江山分裂的时代一去不复返。全诗寓意深广，借古喻今。

《乌衣巷》是刘禹锡最得意的怀古名篇之一：

朱雀桥边野草花，乌衣巷口夕阳斜。
旧时王谢堂前燕，飞入寻常百姓家。

这是一首怀古诗。乌衣巷，地处金陵（今江苏南京）南门朱雀桥附近，为东晋王导、谢安等世家巨族聚居之处。诗人以“朱雀桥”“乌衣巷”，桥名、巷名为对，以“野草花”“夕阳斜”为背景，令人印象深刻。全诗抒发沧海桑田、物是人非的感慨。诗中极具震撼人心的“飞燕”形象，却是历史沧桑的见证。全诗含蓄隽永，耐人寻味。据说，白居易曾为此“掉头苦吟，叹赏良久”。

刘禹锡在贬谪期间，积极主动学习、吸收民间文艺，改造和丰富自己的诗歌创作，并创作了不少富有民歌情调的诗歌。如《竹枝词二首》其一：

杨柳青青江水平，闻郎江上唱歌声。
东边日出西边雨，道是无晴却有晴。

“竹枝”，是巴渝一带的民歌，唱时“吹短笛，击鼓以赴节”，拂袖而舞。这首诗采用了“谐音双关”的修辞手法，表达恋情含蓄，极具新意。又如《堤上行三首》其二：

江南江北望烟波，入夜行人相应歌。

桃叶传情竹枝怨，水流无限月明多。

这首诗描写长江两岸极具地域特色的风俗人情。诗写入夜时堤上见闻，通过景物烘托，写出江边夜晚民歌对唱的动人场景。“烟波”二字，把江景写得非常美。“相应歌”三字，写出

◎ 刘禹锡《酬瑞州吴大夫夜泊湘川见寄一绝》

了江边堤上歌声四起的动态美。以流水和月光的无限，喻“夜行人”的“情”与“怨”的无限。

柳宗元（773—819），字子厚，河东（今山西运城）人。贞元九年（793）进士。王叔文集团革新失败后，贬为永州（今湖南零陵）司马。元和十年（815）应召回京，又外放为柳州刺史，在任多美政，为当地人民所赞颂，世称“柳柳州”。与韩愈并称为“韩柳”，刘禹锡与之并称“刘柳”，王维、孟浩然、韦应物与之并称“王孟韦柳”，是唐宋八大家之一。有《河东先生集》。

柳宗元的诗歌，大多是他贬谪生活及其经历的记录，抒写了个人内心的苦闷、哀怨、孤独、失落，表现身处逆境而不屈从的执着精神，将唐诗的情感表达推向了一个新的境地。如《登柳州城楼寄漳汀封连四州》：

城上高楼接大荒，海天愁思正茫茫。
惊风乱飐芙蓉水，密雨斜侵薜荔墙。
岭树重遮千里目，江流曲似九回肠。
共来百越文身地，犹自音书滞一乡！

这是柳宗元被贬柳州，登上柳州城楼有感而发，为一同遭贬的四位友人而写的一首诗。首联从登柳州城楼写起，触景伤情，因而“愁思正茫茫”；颔联写近景，描绘了当地风雨中的夏天；颈联叙写的是远景，由此触发诗人的联想；尾联写五人遭际，“共来”一句，既照应首句“大荒”，又点题目中的“柳州”与“漳、汀、封、连四州”，慨叹宦海遭遇的相同，点明寄书寓意。

◎ 柳宗元《登柳州峨山》

柳宗元的诗作中，抒写贬谪生活及其情感，表现其孤独苦闷、忧伤寂寞的心境，又如《南涧中题》：

> 秋气集南涧，独游亭午时。回风一萧瑟，林影久参差。始至若有得，稍深遂忘疲。羁禽响幽谷，寒藻舞沦漪。去国魂已远，怀人泪空垂。孤生易为感，失路少所宜。索寞竟何事，徘徊只自知。谁为后来者，当与此心期。

南涧即《石涧记》中所指的“石涧”，石涧地处永州之南，又称南涧。这首诗作于唐宪宗元和七年（812）秋天，柳宗元游览永州南郊的袁家渴、石渠、石涧和西北郊的小石城山后，写了著名的《永州八记》中的后四记——《袁家渴记》《石渠记》《石涧记》和《小石城山记》。此诗以记游的笔调，通过对幽静景物的刻画，表现出迁谪中的孤寂心境，塑造了孤苦寂寞的诗人自我形象。诗的前八句描写游南涧的情景，诗的后八句为诗人抒写感慨之词。此诗亦与《永州八记》中的《石涧记》互为表里。

柳宗元是山水游记创作高手，典范之作均写于被贬之后，主要有《永州八记》：《始得西山宴游记》《钴鉧潭记》《钴鉧潭西小丘记》《至小丘西小石潭记》《袁家渴记》《石渠记》《石涧记》《小石城山记》。此外，柳宗元还创作了一些山水田园诗歌，恰如其山水散文一样，都是"堙厄感郁，一寓诸文"（《新唐书·柳宗元传》）之作，如《溪居》：

久为簪组累，幸此南夷谪。
闲依农圃邻，偶似山林客。
晓耕翻露草，夜榜响溪石。
来往不逢人，长歌楚天碧。

这是柳宗元贬官永州居处冉溪之畔时所作的诗。首四句写溪居的原因和自己的行径，"南夷谪""山林客"等句透露作者抑郁不平之气。后四句写自己早晚的行动，诗中"闲依农圃邻”似有陶渊明“采菊东篱下”之概；“晓耕翻露草”亦有陶渊明“晨兴理荒废”之遗风。清代诗人沈德潜评论说：“愚溪诸咏，处连蹇困厄之境，发清夷淡泊之音，不怨而怨，怨而不怨，行间言外，时或遇之。”（《唐诗别裁集》卷四）

◎ 柳宗元《遣怀》

柳宗元的山水诗，还塑造了自我形象与景物形象高度融合的境界，大家比较熟悉的诗如：

> 渔翁夜傍西岩宿，晓汲清湘燃楚竹。
> 烟销日出不见人，欸乃一声山水绿。
> 回看天际下中流，岩上无心云相逐。（《渔翁》）

> 千山鸟飞绝，万径人踪灭。
> 孤舟蓑笠翁，独钓寒江雪。（《江雪》）

这两首诗都有渔翁形象。前一首描写悠闲自得的生活，青山绿水，蓝天白云，不仅是渔翁的生活环境，也是诗人人格的化身。后一首“千山”“万径”写雪景，正因为大雪才使“鸟飞绝”“人踪灭”，在广袤的空间背景和茫茫雪域烘托了渔翁遗世独立的高雅情操，构成了一个理想化的精神境界。

（三）天长地久有时尽，此恨绵绵无绝期——张籍、王建与元白诗派

中唐诗坛，与韩孟诗派同时稍后，崛起了以白居易、元稹为代表的元白诗派。这一派的诗人重视用乐府诗的形式，以时事和现实题材入诗，借助于“寓意古题，刺美见事”的古题乐府和“因事立题，无复依傍”的新题乐府进行创作，注重用诗歌讽喻时政、反映民生疾苦，最终发展成中唐时期影响最大的诗歌流派——写实讽喻诗派。这一诗派的诗歌创作，非常注重表达和语言的浅切易懂，文学史上把这种共同创作倾向的诗歌革新运动，称之为“新乐府运动”。新乐府诗的创作者主要有白居易、元稹、李绅、张籍和王建等人。

中唐时期，较早从事乐府诗创作的诗人是张籍、王建，宋代以后并称“张王乐府”。此二人的出现，标志中唐写实讽喻诗派的正式形成。

张籍（约767—约830），字文昌，原籍苏州（今属江苏苏

州），迁居和州乌江（今安徽和县乌江镇）。德宗贞元十五年（799）进士，历任太常寺太祝、水部员外郎、国子司业等官，故世称“张司业”或“张水部”。有《张司业集》。

张籍和同时期的诗人王建、孟郊、韩愈、白居易、元稹、刘禹锡等人都有交往。张籍的乐府诗与王建齐名，并称“张王乐府”。韩愈、白居易都有论张籍诗风的诗，白居易曾有诗说：“尤工乐府诗，举代少其伦。为诗意如何？六义互铺陈。风雅比兴外，未尝著空文。”（《读张籍古乐府》）张籍的诗广泛深刻地反映了当时各种社会矛盾，爱憎分明地批判现实。如《野老歌》：

老农家贫在山住，耕种山田三四亩。苗疏税多不得食，输入官仓化为土。岁暮锄犁傍空室，呼儿登山收橡实。西江贾客珠百斛，船中养犬长食肉。

这是一首新题乐府，诗中描述了山农贫苦的生活，其原因是赋税过重，官府不体恤百姓，宁愿官粮腐烂成土，也不肯减轻赋税，老农迫于生计不得不采野果充饥，最后两句通过贾客生活的描写，与老农形成鲜明的对比，其讽喻之意自见。

张籍的乐府诗还善于从世俗俚浅的“俗人俗事”中，发现和发掘其蕴含的社会意义。如《牧童词》：

远牧牛，绕村四面禾黍稠。陂中饥乌啄牛背，令我不得戏垄头。入陂草多牛散行，白犊时向芦中鸣。隔堤吹叶应同伴，还鼓长鞭三四声。牛牛食草莫相触，官家截尔头上角。

◎ 张籍《岸花》

这是一首借牧童的口吻来写的民歌体的政治讽刺诗，全诗描绘了一幅牧牛图。诗歌内容大致可分为两层：前八句描绘了牧场的环境、牧童的心理活动和牛的动态，情趣盎然；后二句系牧童对牛的吆喝之词，用“官家”吓唬牛，传达出了百姓对统治者的畏惧和反感，寓尖锐讽刺于轻松调侃之中，也由一人一事一语见出社会的缩影。

张籍的乐府诗还善于提炼情节和语言，刻画人物的心理活动。如《节妇吟寄东平李司空师道》：

君知妾有夫，赠妾双明珠。感君缠绵意，系在红罗襦。妾家高楼连苑起，良人执戟明光里。知君用心如日月，事夫誓拟同生死。还君明珠双泪垂，恨不相逢未嫁时。

这一首借男女情爱抒写自己政治态度的诗。古人遇事不便明说时，多借写男女之情以示已意。据载，唐宪宗时，藩镇割据，平卢节度使李师道欲图谋不轨，想收买张籍，张籍写此诗以节妇的坚贞不二自比，李师道看此诗后，就此作罢。特别是末句“还君明珠双泪垂，恨不相逢未嫁时”，时至今日，仍广为人引用，多表忍痛拒绝之意。全诗主题深刻，刻画人物形象鲜明，富有浓郁的生活气息。

此外，张籍的一些抒情小诗，也写得清新自然，情谊深厚，体现了张籍诗歌意蕴深厚的风格。如《秋思》：

洛阳城里见秋风，欲作归书意万重。
忽恐匆匆说不尽，行人临发又开封。

以家书为题材的诗，唐诗中有很多。如岑参的《逢入京使》“马上相逢无纸笔，凭君传语报平安”，杜甫的《春望》“烽火连三月，家书抵万金”。此诗首句说客居洛阳，又见秋风；次句紧承“见秋风”，正面写“思”字；第三、四句截取“匆匆说不尽”“临发又开封”这样一个细节，细腻地表达了对家乡亲人的深切怀念之情。特别是结句写情细致入微，造

语精妙，为一篇之警策。全诗平淡叙事，意蕴深厚，正如王安石所说："看似平常却奇崛，成如容易却艰辛。"（《题张司业诗》）

◎ 王建《江南三台词四首》其二

王建（约767—约830），字仲初，许州（治今河南许昌市）人。建中四年（783）应进士落第，东出潼关，开始长达30年的求学、从军、漫游的生活。太和年间，终官陕州司马。有《王司马集》，存诗500余首。

王建一生沉沦下僚，生活在社会底层，对社会现实和民生疾苦有深刻的体会，为此写出了大量优秀的乐府诗。如《水夫谣》：

苦哉生长当驿边，官家使我牵驿船。辛苦日多乐日少，水宿沙行如海鸟。逆风上水万斛重，前驿迢迢后淼淼。半夜缘堤雪和雨，受他驱遣还复去。衣寒衣湿披短蓑，臆穿足裂忍痛何！到明辛苦无处说，齐声腾踏牵船出。一间茆屋何所值，父母之乡去不得。我愿此水作平田，长使水夫不怨天。

这是一首描写水边纤夫生活的诗。首句“苦哉”二字定下全诗的感情基调，领起全篇。从“辛苦日多乐日少”至“齐声腾踏牵船出”，具体叙述水夫牵船的痛苦生活。结句“我愿此水作平田，长使水夫不怨天”，为一篇之警句，笔力振奋。全诗对纤夫的心理描写细腻，富有层次感，水夫内心的刻画细致入微，通过纤夫的内心独白，不仅抒写了水上服役的痛苦，而且还对不合理的劳役制度进行了控诉。

◎ 王建《村居》

王建还有一些其他方面的作品，有描写农村风俗和生活画面的《赛神曲》《田家留客》等作品；有表现思妇题材的诗作《寄远曲》《镜听词》等；有写边塞题材的诗作《辽东行》《送衣曲》《饮马长城窟》等；有歌颂坚贞爱情和反抗压迫的诗作《望夫石》《精卫词》等。如《望夫石》：

望夫处，江悠悠。
化为石，不回头。
上头日日风复雨，行人归来石应语。

这首诗以一个民间传说为题材，描绘出一幅生动感人的望夫石图画，借以表达思妇对行人无尽的思念之痛。尤其是“上头日日风复雨，行人归来石应语”二句，从相反的角度突出思妇的情深，给人以美的启迪和享受，情韵悠长。

元稹（779—831），字微之，行九，世称元九，河南（府治今河南洛阳）人。贞元九年（793）以明两经擢第，次年开始作诗。贞元十九年（803）登书判拔萃科。曾任监察御史，因得罪宦官权贵而遭贬，最后在武昌节度使任上病逝。元稹与白居易经常以诗相唱和，当时言诗者称“元白”，号为“元和体”。元稹是中唐写实讽喻诗派的主要代表人物。元稹在《和李校书新题乐府十二首并序》和《乐府古题序》中，提出了“寓意古题，刺美见事”和“即事名篇，无复依傍”的古题和新题乐府写作原则，全面总结了乐府诗的艺术写实和讽喻时政的创作经验。有《元氏长庆集》，存诗800余首。

在中唐诗人中，元稹是开拓写情题材的重要作家，写情题材的诗作一般分为两类：一是悼亡诗；一是艳情诗。元稹写悼亡诗的名作，如《遣悲怀三首》其一：

谢公最小偏怜女，嫁与黔娄百事乖。
顾我无衣搜画箧，泥他沽酒拔金钗。
野蔬充膳甘长藿，落叶添薪仰古槐。
今日俸钱过十万，与君营奠复营斋。

元稹的悼亡诗主要为其原配妻子韦丛所作，韦丛是当时太子太保韦夏卿的幼女，嫁给贫寒的元稹，夫妻贫贱相守，韦丛仅27岁就英年早逝。后来，元稹官居高位，俸钱十万，每念及此，不胜其悲，常以诗抒怀。这首诗回忆婚后“百事乖”的贫困生活，“野菜充膳甘长藿，落叶添薪仰古槐”句，真实地描述了他们掘野菜、食长藿、拾落叶、烧古槐的贫贱生活；“顾我无衣搜画箧，泥他沽酒拔金钗”句，可知元稹身上无完衣，韦丛翻箱倒柜为其置办，元稹囊中少酒钱，韦丛拔下金钗典卖以沽酒，这一切都让元稹深为感动，难以释怀；“今日俸钱过十万，与君营奠复营斋”句，既表达对逝者的深切思念，又表达对逝者的敬意和慰藉。

元稹悼念亡妻韦丛的诗，又如《离思五首》其四：

曾经沧海难为水，除却巫山不是云。
取次花丛懒回顾，半缘修道半缘君。

诗的首句脱胎于孟子“观于海者难为水”（《孟子·尽心上》），次句使用宋玉《高唐赋》里“巫山云雨”的典故，前两句连用两个典故，借此表达对亡妻韦丛的真挚感情。第三句“取次花丛懒回顾”的原因是失去了“君”，第四句“半缘修道半缘君”则是盾辞而已。修辞手法上，采用巧比曲喻，分别用水、云、花比人，写得深曲委婉，耐人寻味。

元稹作为一位典型的才子诗人，风流多情，年轻时曾有过艳遇，写下了大量的艳情诗，内容多是对自身经历的追忆，曾创作了《莺莺传》传奇和《会真诗三十韵》。如《春晓》：“半欲天明半未明，醉闻花气睡闻莺。猧儿撼起钟声动，二十年前晓寺情。”

◎ 李绅《古风二首》其二

李绅（772—846），字公垂，无锡（今属江苏）人。李绅是最早用“新题乐府”标题进行诗歌创作的。年轻时，李绅目睹农民终日辛勤劳动而不得温饱，满怀愤慨和同情的心情，写出了千古传诵的《古风二首》（一题为《悯农二首》）：

春种一粒粟，秋收万颗子。
四海无闲田，农夫犹饿死。（其一）

锄禾日当午，汗滴禾下土。
谁知盘中餐，粒粒皆辛苦。（其二）

第一首诗揭露和批判社会不公和农民所遭受的残酷剥削，表达了对农民疾苦的极大同情。第二首诗写劳动的艰辛和果实来之不易。诗中因有“四海无闲田，农夫犹饿死”“谁知盘中餐，粒粒皆辛苦”之名句，李绅被誉为“悯农诗人”。

白居易（772—846），字乐天，号香山居士，祖籍太原（今山西太原市西南），后迁居下邽（今陕西渭南北）。白居易的诗歌主张主要见于《与元九书》《秦中吟序》《新乐府序》中。他主张诗歌反映现实，提出“文章合为时而著，歌诗合为事而作”（《与元九书》）的主张，强调讽喻美刺的审美作用：“惟歌生民病，愿得天子知”（《寄唐生》），强调诗歌的政治作用和社会意义，这正是对传统的儒家诗论的继承。

白居易的诗歌主张和创作，主要表现在通俗性、写实性的实践上。白居易在《与元九书》中明确地说：“仆志在兼济，行在独善。奉而始终之则为道，言而发明之则为诗。谓之讽谕诗，兼济之志也；谓之闲适诗，独善之义也。”他的创作以44岁贬江州（今江西九江）司马

◎ 白居易《自述》

为界，分为前后两个时期。前期“兼济天下”是其主导思想，创作了不少讽喻诗。后期“独善其身”是其主导思想，创作了感伤诗、大量闲适诗、杂律诗。著有《白氏长庆集》。

白居易的讽喻诗以《新乐府》《秦中吟十首》为代表，这些诗歌取材现实，以“救济人病，裨补时阙”（《与元九书》）为宗旨，以“惟歌生民病”为主题。如《轻肥》：

意气骄满路，鞍马光照尘。借问何为者，人称是内臣。朱绂皆大夫，紫绶或将军。夸赴军中宴，走马去如云。樽罍溢九酝，水陆罗八珍。果擘洞庭橘，脍切天池鳞。食饱心自若，酒酣气益振。是岁江南旱，衢州人食人！

《秦中吟十首》是白居易最著名的讽喻诗，题下原有序云：“贞元、元和之际，予在长安，闻见之间，有足悲者。因直歌其事，命为《秦中吟》。”为了突出主题，白居易常采用“一吟悲一事”或“一题咏一事”的写法。陈寅恪评说“一题各言一事，意旨专而一”（《元白诗笺证稿》）。这首诗题“轻肥”，取自《论语·雍也》中的“赤之适齐也，乘肥马，衣轻裘”，用以概括豪奢生活。作者首先极言了内臣的生活之豪奢，最后于结尾处通过“是岁江南旱，衢州人食人”这样的强烈对比揭明主旨，深刻地揭露了当时的社会矛盾。

白居易在《秦中吟十首》中，往往只把两种生活现象的尖锐对立揭示出来，并不加以评述议论，但是其意旨昭彰，又如《买花》：

帝城春欲暮，喧喧车马度。共道牡丹时，相随买花去。贵贱无常价，酬直看花数。灼灼百朵红，戋戋五束素。上张幄幕庇，旁织巴篱护。水洒复泥封，移来色如故。家家习为俗，人人迷不悟。有一田舍翁，偶来买花处。低头独长叹，此叹无人喻：一丛深色花，十户中人赋！

这首诗分为两大段，从“帝城春欲暮”至“人人迷不悟”十四句为第一部分，写京城贵游买花；后六句为第二部分，写田舍翁看买花。全诗从买花落笔，以小见大，揭露社会黑暗。最后两句以“田舍翁”的叹息作结：“一丛深色花，十户中人赋！”寓有深刻的意义，触及了不合理的社会经济制度。

白居易的讽喻诗《新乐府》也是“一吟悲一事”，在每一首题目下附有小序，具体表明所咏为何事。如第32首《卖炭翁》，题序为“苦官市也”。

卖炭翁，伐薪烧炭南山中。满面尘灰烟火色，两鬓苍苍十指黑。卖炭得钱何所营？身上衣裳口中食。可怜身上衣正单，心忧炭贱愿天寒。夜来城上一尺雪，晓驾炭车辗冰辙。牛困人饥日已高，市南门外泥中歇。翩翩两骑来是谁？黄衣使者白衫儿。手把文书口称敕，回车叱牛牵向北。一车炭，千余斤，官使驱将惜不得。半匹红纱一丈绫，系向牛头充炭直。

这是一首叙事诗。全诗在内容上可分为三段：首句至“心忧炭贱愿天寒”前八句为第一段，交代卖炭翁生活的艰辛和愿望。自“夜来城上一尺雪”至“市南门外泥中歇”四句为第二段，描述卖炭翁进城卖炭。自“翩翩两骑来是谁”至结尾八句为第三段，写炭被掠夺。全诗有叙述，有描写，有细节，有对比。生动形象地刻画了卖炭翁的不幸遭遇，揭露和批判了朝廷官吏肆意掠夺劳动人民劳动果实的罪行。尤其是结尾两句，力透纸背，正如《唐宋诗醇》卷二十所说：“直书其事，而其意自见，更不用着一断语。”

◎ 白居易《卖炭翁》

白居易的感伤诗以《长

恨歌》《琵琶行》为代表。白居易自己解释说：“事物牵于外，情理动于内，随感遇而形于歌咏者”，谓之感伤诗。如《长恨歌》：

汉皇重色思倾国，御宇多年求不得。杨家有女初长成，养在深闺人未识。天生丽质难自弃，一朝选在君王侧。回眸一笑百媚生，六宫粉黛无颜色。春寒赐浴华清池，温泉水滑洗凝脂。侍儿扶起娇无力，始是新承恩泽时。云鬓花颜金步摇，芙蓉帐暖度春宵。春宵苦短日高起，从此君王不早朝。承欢侍宴无闲暇，春从春游夜专夜。后宫佳丽三千人，三千宠爱在一身。金屋妆成娇侍夜，玉楼宴罢醉和春。姊妹弟兄皆列土，可怜光彩生门户。遂令天下父母心，不重生男重生女。

骊宫高处入青云，仙乐风飘处处闻。缓歌慢舞凝丝竹，尽日君王看不足。渔阳鼙鼓动地来，惊破霓裳羽衣曲。九重城阙烟尘生，千乘万骑西南行。翠华摇摇行复止，西出都门百余里。六军不发无奈何，宛转蛾眉马前死。花钿委地无人收，翠翘金雀玉搔头。君王掩面救不得，回看血泪相和流。黄埃散漫风萧索，云栈萦纡登剑阁。峨嵋山下少人行，旌旗无光日色薄。蜀江水碧蜀山青，圣主朝朝暮暮情。行宫见月伤心色，夜雨闻铃肠断声。天旋日转回龙驭，到此踌躇不能去。马嵬坡下泥土中，不见玉颜空死处。

君臣相顾尽沾衣，东望都门信马归。归来池苑皆依旧，太液芙蓉未央柳。芙蓉如面柳如眉，对此如何不泪垂。春风桃李花开夜，秋雨梧桐叶落时。西宫南内多秋草，宫叶满阶红不扫。梨园弟子白发新，椒房阿监青娥老。夕殿萤飞思悄然，孤灯挑尽未成眠。迟迟钟鼓初长夜，耿耿星河欲曙天。鸳鸯瓦冷霜华重，翡翠衾寒谁与共。悠悠生死别经年，魂魄不曾来入梦。

临邛道士鸿都客，能以精诚致魂魄。为感君王展转思，遂教方士殷勤觅。排空驭气奔如电，升天入地求之遍。上穷碧落下黄泉，两处茫茫皆不见。忽闻海上有仙山，山在虚无缥缈间。楼阁玲珑五云起，其中绰约多仙子。中有一人字太真，雪肤花貌参差是。金阙西厢叩玉扃，转教小玉报双成。闻到汉家天子使，九华帐里梦魂惊。揽衣推枕起裴回，珠箔银屏逦迤开。云鬓半偏新睡觉，花冠不整下堂来。风吹仙袂飘飖举，犹似霓裳羽衣舞。玉容寂寞泪阑干，梨花一枝春带雨。含情凝睇谢君王，一别音容两渺茫。昭阳殿里恩爱绝，蓬莱宫中日月长。回头下望人寰处，不见长安见尘雾。唯将旧物表深情，钿合金钗寄将去。钗留一股合一扇，钗擘黄金合分钿。但教心似金钿坚，天上人间会相见。临别殷勤重寄词，词中有誓两心知。七月七日长生殿，夜半无人私语

时。在天愿作比翼鸟，在地愿为连理枝。天长地久有时尽，此恨绵绵无绝期。

◎ 白居易《长门怨》

这是一首长篇叙事诗，作于元和元年（806），白居易在盩厔县（今陕西周至）任县尉时，与友人陈鸿、王质夫到马嵬驿附近的游仙寺游览，有感于唐玄宗和杨贵妃的故事而创作的。全诗大致可分为四段：第一段从开头至“不重生男重生女”，写李、杨会合经过及李对杨的宠幸。第二段从“骊宫高处入青云”至“不见玉颜空死处”，写变乱爆发，贵妃殒命，玄宗伤痛不已。第三段从“君臣相顾尽沾衣”至“魂魄不曾来入梦”，写李重归长安后对杨的无穷思念。第四段从“临邛道士鸿都客”至结尾，写杨对李的忠贞不渝之情。全诗以“长恨”为主线，情节曲折，人物形象鲜明，语言谐畅，是现实主义与浪漫主义相结合创作的佳作名篇。尤其是末句以“天长地久有时尽，此恨绵绵无绝期”结束全诗，照应诗题，点明题旨。

白居易的《琵琶行》作于唐宪宗元和十一年（816）秋，

是他贬官到江州的第二年，作品借叙述琵琶女的高超演技和凄凉身世，抒发自己被贬的抑郁凄凉之情。

浔阳江头夜送客，枫叶荻花秋瑟瑟。主人下马客在船，举酒欲饮无管弦。醉不成欢惨将别，别时茫茫江浸月。忽闻水上琵琶声，主人忘归客不发。寻声暗问弹者谁，琵琶声停欲语迟。移船相近邀相见，添酒回灯重开宴。千呼万唤始出来，犹抱琵琶半遮面。

转轴拨弦三两声，未成曲调先有情。弦弦掩抑声声思，似诉平生不得志。低眉信手续续弹，说尽心中无限事。轻拢慢捻抹复挑，初为《霓裳》后《六幺》。大弦嘈嘈如急雨，小弦切切如私语。嘈嘈切切错杂弹，大珠小珠落玉盘。间关莺语花底滑，幽咽泉流冰下难。冰泉冷涩弦凝绝，凝绝不通声暂歇。别有幽愁暗恨生，此时无声胜有声。银瓶乍破水浆迸，铁骑突出刀枪鸣。曲终收拨当心画，四弦一声如裂帛。东舟西舫悄无言，唯见江心秋月白。

沉吟放拨插弦中，整顿衣裳起敛容。自言本是京城女，家在虾蟆陵下住。十三学得琵琶成，名属教坊第一部。曲罢曾教善才服，妆成每被秋娘妒。五陵年少争缠头，一曲红绡不知数。钿头云篦击节碎，血色罗裙翻酒污。今年欢笑复明年，秋月春风等闲度。弟走从军阿姨死，暮去朝来颜色故。门前冷落鞍马稀，老大嫁作商人妇。商人重利轻别离，前月浮梁买茶去。去来江口守空船，绕船月明江水寒。夜深忽梦少年事，梦啼妆泪红阑干。

我闻琵琶已叹息，又闻此语重唧唧。同是天涯沦落人，相逢何必曾相识！我从去年辞帝京，谪居卧病浔阳城。浔阳地僻无音乐，终岁不闻丝竹声。住近湓江地低湿，黄芦苦竹绕宅生。其间旦暮闻何物？杜鹃啼血猿哀鸣。春江花朝秋月夜，往往取酒还独倾。岂无山歌与村笛，呕哑嘲哳难为听。今夜闻君琵琶语，如听仙乐耳暂明。莫辞更坐弹一曲，为君翻作《琵琶行》。感我此言良久立，却坐促弦弦转急。凄凄不似向前声，满座重闻皆掩泣。座中泣下谁最多？江州司马青衫湿。

这首诗以“同是天涯沦落人，相逢何必曾相识”的情感体验为枢纽，把对琵琶女身世和技艺的描写与个人贬谪之悲的抒发熔铸成一个有机整体。全诗从内容大致可以分为四段：第一段从“浔阳江头夜送客”到“犹抱琵琶半遮面”，写琵琶女的出场。第二段从“转轴拨弦三两声”到“唯见江心秋月白”，写琵琶女的高超演技，这一段以“音乐”为描写重点，通过一连串的比喻既“以声喻声”，化抽象为具体，化乐感为情境，表现了作者很高的“读曲”能力和描摹水平。第三段从“沉吟放拨插弦中”到“梦啼妆泪红阑干”，写琵琶女自述的身世。第四段从“我闻琵琶已叹息”到末句“江州司马青衫湿”，写诗人感慨身世，抒发与琵琶女“同是天涯沦落人”的相怜之情。

白居易的闲适诗，是为了“独善”，所谓“知足保和，吟玩情性”（《与元九书》），表现出淡泊平和、闲逸悠然的情调。这一类诗或寄托友情，或描摹山水，或妙传思理，给人以美好的情操熏染和艺术享受。如《钱塘湖春行》：

孤山寺北贾亭西，水面初平云脚低。
几处早莺争暖树，谁家新燕啄春泥。
乱花渐欲迷人眼，浅草才能没马蹄。
最爱湖东行不足，绿杨阴里白沙堤。

钱塘湖是西湖的别名，我国著名的风景名胜之一。苏轼曾有“欲把西湖比西子，淡妆浓抹总相宜”（《饮湖上初晴后雨》）的名句。全诗紧扣题意“春行”二字，展开景物描写。通过“初平”“几处”“谁家”“渐欲”“才能”等词语，把西湖美景串接起来，构成一幅精美的画图。首联写孤山寺全景，大处着笔；颔联写诗人在游程中所见的莺燕；颈联借花草抒写感受；尾联写白沙堤之景，表达了诗人“钱塘湖春行”的喜悦心情。

白居易的闲适诗多有写景抒情佳作，又如《赋得古原草送别》：

离离原上草，一岁一枯荣。
野火烧不尽，春风吹又生。
远芳侵古道，晴翠接荒城。
又送王孙去，萋萋满别情。

这是一曲歌颂野草的生命赞歌。前四句诗写“原上草”，后四句诗写“古道送别”。这是白居易第一次应试长安时的成名作。据唐张固《幽闲鼓吹》和五代王定保《唐摭言》的记载，白居易到长安后，携诗去拜访享有盛名的诗人顾况，顾况调侃白居易说：“米价方贵，居亦弗易。”言外之意说京城不好混。当读到《赋得古原草送别》中的“野火烧不尽”二句，不禁大为赞赏：“道得个语，居亦易矣。”并广为延誉。

◎ 白居易《大林寺桃花》

白居易还有一些写景纪游的“闲适”之作，诗情画意弥漫其间，令人有身临其境之感。如《大林寺桃花》：

人间四月芳菲尽，山寺桃花始盛开。
长恨春归无觅处，不知转入此中来。

这是白居易任江州（今江西九江）司马，于元和十二年（817）四月写的一首记游诗。相传，大林寺为晋代僧人昙诜所建，在庐山香炉峰顶。此诗不仅写看见山寺桃花的意外惊喜，而且蕴含了“别有一番天地”的理趣。

白居易还是自觉学习民间文艺并进行诗词创作的诗人，《竹枝词四首》《杨柳枝词》就是这种实践的结果。同时，白居易和刘禹锡是唐代最早按民间曲子填词的作家。白居易学习民歌所作的诗，如《竹枝词四首》其四：

江畔谁人唱《竹枝》？前声断咽后声迟。
怪来调苦缘词苦，多是通州司马诗。

白居易之后，文人仿写竹枝词，人才辈出，宋代有苏东坡、黄庭坚、杨万里，元代有杨维祯，明代有杨慎，清代有王夫之、孔尚任、郑板桥等人。竹枝词，原以抒情为主，经过历代文人的推陈出新，在内容、体裁上都得到了发展，逐渐演变为以叙事、咏俗、怀古等为主的新竹枝。

（四）女娲炼石补天处，石破天惊逗秋雨——李贺与中唐其他诗人

在唐代群星璀璨的诗人中，李贺是继孟郊、韩愈之后，中唐元和诗坛上出现的一位天才而短命的诗人。

李贺（790—816），字长吉，福昌（今河南宜阳西）人。祖籍陇西，所以自称“陇西长吉”。李贺是唐王室后裔，到了李贺的时候家道没落。父亲李晋肃，曾经做过县令，李贺因避讳父亲名字中“晋”与“进士”之“进”同音，被迫放弃参加进士考试。因为仕途无望，李贺唯有把全部精力用在诗歌的创作上，据说李贺每次外出时身背一个破锦囊，每有新得佳句，立即投入囊中，傍晚回家往往能组成诗篇。李贺的诗多反映社会现实和抒发自身失意之作。有《昌谷集》。

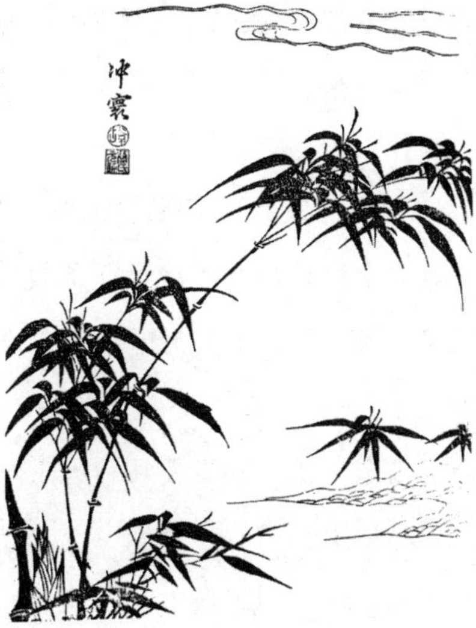

◎ 李贺《昌谷北园新笋四首》其一

李贺的诗歌，包括四个方面的内容：一是讽刺

黑暗政治和不良社会现象。这类诗篇多借古讽今，直陈时事，反映广阔的社会生活。这类作品主要有《雁门太守行》《老夫采玉歌》《金铜仙人辞汉歌》《秦王饮酒》等。如《雁门太守行》：

黑云压城城欲摧，甲光向日金鳞开。
角声满天秋色里，塞上燕脂凝夜紫。
半卷红旗临易水，霜重鼓寒声不起。
报君黄金台上意，提携玉龙为君死。

这首诗不仅歌颂边城将士苦战报国，也表达了为国建功立业的强烈愿望。首联写战争形势的紧迫，一个“压”字，一个“摧”字，描绘了大敌压境、危城欲摧的场面，“甲光向日金鳞开”则写守军将士严阵以待、准备迎战的情景。颔联通过听觉和视觉来写悲壮激烈的战斗场面，一个“满”字，一个“凝”字，有声有色地烘托了战斗的激烈。颈联写守军出击的情景，“临易水”，使人想起了“风萧萧兮易水寒，壮士一去兮不复还”（《易水歌》）为国捐躯的豪情壮志，一个“临”字，一个“重”字，为末二句营造了一个典型的氛围。尾联写将士们为国捐躯的决心，诗人以战国时燕昭王筑“黄金台”以延揽人才的典故，写出将士们报效国家的决心。

李贺诗歌中，也有揭露统治阶级对劳动人民的剥削和迫害的，如《老夫采玉歌》：

采玉采玉须水碧，琢作步摇徒好色。老夫饥寒龙为愁，蓝溪水气无清白。夜雨冈头食榛子，杜鹃口血老夫泪。蓝溪之水厌生人，身死千年恨溪水。斜山柏风雨如啸，泉脚挂绳青袅袅。村寒白屋念娇婴，古台石磴悬肠草。

这首诗是写采玉工的苦难生活和悲伤。诗人把现实题材，凭借浪漫主义的奇想，使“龙为愁”“水厌生人”、人“恨溪水”等，表达了龙尤如此，水尤如此，人何以堪！描写“夜雨”“斜山”“泉脚”“古台”等真实物象的句子，也显得诡谲奇艳。全诗的景物描写与心理描写自然融合，加强了情感的内蕴。

李贺的远大抱负与无情现实的尖锐矛盾的悲愤情感，诗人常用非现实的幻想表现出来。如《金铜仙人辞汉歌》：

茂陵刘郎秋风客，夜闻马嘶晓无迹。画栏桂树悬秋香，三十六宫土花碧。魏官牵车指千里，东关酸风射眸子。空将汉月出宫门，忆君清泪如铅水。衰兰送客咸阳道，天若有情天亦老。携盘独出月荒凉，渭城已远波声小。

这是李贺最为传诵的名篇之一。诗人借历史传说题材，叹古今兴亡，抒怀才不遇之悲。全诗可分为三个层次。首四句是第一个层次，慨叹韶华易逝，人生难久，就像汉武帝刘彻所建立的功业，到如今满目凄凉，唯余青苔。中间四句为第二层，用拟人法写金铜仙人初离汉宫时的凄婉情态，亡国之痛和移徙之悲跃然纸上。末四句为第三层，写出城后途中的情景，特别是“天若有情天亦老”一句，造境设语尤为感人，人情之悲尚不及铜人乎？

二是抒发个人情志的诗歌。这一类作品既有“我当二十不得意，一心愁谢如枯兰”（《开愁歌》）的消沉情绪，又有“男儿何不带吴钩？收取关山五十州”（《南园十三首》）的雄心壮志。主要作品有《致酒行》《南园十三首》《天上谣》《开愁歌》《日出行》《苦昼短》等。如《天上谣》：

天河夜转漂回星，银浦流云学水声。玉宫桂树花未落，仙妾采香垂珮缨。秦妃卷帘北窗晓，窗前植桐青凤小。王子吹笙鹅管长，呼龙耕烟种瑶草。粉霞红绶藕丝裙，青洲步拾兰苕春。东指羲和能走马，海尘新生石山下。

这是一首游仙诗。全诗可分为三层：第一层为首二句，写诗人仰望星空的印象；第二层为中间八句，通过四个独立的画面具体描绘天庭的景象，即仙女月宫折桂、秦妃嫁萧史飞仙、王子晋神奇耕牧、青洲仙女踏春；末二句为第三层，概括点染仙人俯视人间的情景。全诗描绘了天上充满人情味的世界，首二句描绘从现实到幻想世界，末二句则是从幻想回到现实世界，首尾呼应，浑然一体。

李贺诗歌的一个重要主题是抒发怀才不遇和执着追求的感情。如《致酒行》：

零落栖迟一杯酒，主人奉觞客长寿。主父西游困不归，家人折断门前柳。吾闻马周昔作新丰客，天荒地老无人识。空将笺上两行书，直犯龙颜请恩泽。我有迷魂招不得，雄鸡一声天下白。少年心事当拿云，谁念幽寒坐呜呃？

这是一首劝酒致辞之歌。全诗分三层：首四句写劝酒场面，自伤潦倒的心情；中间四句为主人致酒之词，由自伤转为自负和自勉；最后四句直抒胸臆作结，自伤并慨叹自己处境的冷漠。

李贺抒发人生追求和怀才不遇的组诗，最著者当推《南园十三首》：

男儿何不带吴钩？收取关山五十州。

请君暂上凌烟阁，若个书生万户侯？（其五）

寻章摘句老雕虫，晓月当帘挂玉弓。
不见年年辽海上，文章何处哭秋风？（其六）

长卿牢落悲空舍，曼倩诙谐取自容。
见买若耶溪水剑，明朝归去事猿公。（其七）

春水初生乳燕飞，黄蜂小尾扑花归。
窗含远色通书幌，鱼拥香钩近石矶。（其八）

李贺的《南园十三首》，是李贺辞官回乡居住昌谷家中所作。第五首用两个设问句表达了家国之痛和身世之悲；第六首为慨叹读书无用、怀才见弃之作；第七首为述怀之作，写古人暗示前车可鉴，直抒怀抱，明己要弃文习武；第八首为写景抒情之作，显隐逸情趣。

三是写神仙鬼魅的题材。李贺的作品中出现的“死”字达20多个，“老”字达50多个，反映了他对好景不长、时光易逝的感伤情绪。这一类作品主要有《将进酒》《梦天》《秋来》《南山田中行》等。如《梦天》：

老兔寒蟾泣天色，云楼半开壁斜白。

玉轮轧露湿团光，鸾佩相逢桂香陌。
黄尘清水三山下，更变千年如走马。
遥望齐州九点烟，一泓海水杯中泻。

这是一首写梦游月宫的游仙诗。全诗分两层：前四句写诗人由人间来到月宫；后四句写从月宫遥望人间。诗人采用冷眼反观现世的手法，旨在揭示人生短暂、世事无常的道理。

李贺在诗歌中常常是把对生存的意志、对天国的向往，与人生短促、现实困蹇的矛盾，延伸到广袤的现实、历史和幻想的时空之中。如《秋来》：

桐风惊心壮士苦，衰灯络纬啼寒素。
谁看青简一编书，不遣花虫粉空蠹？
思牵今夜肠应直，雨冷香魂吊书客。
秋坟鬼唱鲍家诗，恨血千年土中碧！

这是一首写秋来愁苦情怀的诗。首联点出“秋来”，借“秋”发感，抒发秋来由“惊”转“苦”的感受；颔联牢骚满怀，愤愤不平，与首句的“苦”字相呼应；颈联描写苦中幻觉，更见愁情惨淡，辗转无眠，似乎九曲回肠都要拉成直的了；尾联描绘一幅鬼魂挽唱的图景，借他人之酒杯，浇自己胸中的块垒。全诗通过“桐风惊心”“香魂吊书客”“鬼唱鲍家诗”“恨血千年土中碧”等形象的刻画，表现了诗人抑郁不平之气。

李贺的这类诗歌还善于用造语奇特、想象怪异、幽艳诗境，创造出别样的世界。如《南山田中行》：

秋野明，秋风白，塘水漻漻虫啧啧。
云根苔藓山上石，冷红泣露娇啼色。
荒畦九月稻叉牙，蛰萤低飞陇径斜。
石脉水流泉滴沙，鬼灯如漆点松花。

这首诗描绘了一幅秋夜田野图。首二句连用两个“秋”字，一“明”一“白”两词，从光线、颜色上突出秋夜田野的景物特点；第三、四句紧扣题目中的“南山”，描绘了岩石上的苔藓、云雾弥漫的山间；第五、六句写田野景色，描绘了南山田中的荒芜、萧条、暗淡、衰败的意象；第七、八句展示了幽冷、阴森可怖的境界，水声幽咽，昏暗明灭的磷火似鬼灯，点缀在松林枝杈之间，宛如松花朵朵。

四是咏物等其他题材。这类诗歌如《李凭箜篌引》《申胡子觱篥歌》《听颖师琴歌》等，不仅表现李贺诗歌题材的广度和思想的深度，还以其高超的描绘音乐艺术的表现手法，抒发怀抱，给人以震撼的感受。如《李凭箜篌引》：

吴丝蜀桐张高秋，空白凝云颓不流。江娥啼竹素女愁，李凭中国弹箜篌。昆山玉碎凤凰叫，芙蓉泣露香兰笑。十二门前融冷光，二十三丝动紫皇。女娲炼石补天处，石破天惊逗秋雨。梦入坤山教神妪，老鱼跳波瘦蛟舞。吴质不眠倚桂树，露脚斜飞湿寒兔。

李贺的《李凭箜篌引》与白居易的《琵琶行》、韩愈的《听颖师弹琴》都是描写音乐的著名诗歌，被清方扶南推许为“摹写声音至文”(《李长吉诗集批注》)。诗歌描绘了李凭演奏箜篌的高超技巧。李凭是名噪一时的梨园弟子，善弹箜篌，当时有“天子一日一回见，王侯将相立马迎”之说。全诗14句，每句都用一个比喻性意象，赞美了李凭精湛的箜篌弹奏技艺。首句写箜篌材质精良，借以衬托李凭的高超技艺；第二、三两句写乐声；第四句点出演奏者的姓名和演奏地点；第五句以声写声，第六句以形写声，这两句从正面写乐声；从第七句到篇终，都是写音响效果，“女娲炼石补天处，石破天惊逗秋雨”，展现了乐曲的强烈震撼力，“露脚斜飞湿寒兔”则烘托出乐声的悠远美妙。全诗充分调动各种感觉器官，不仅赞美了李凭弹奏箜篌的高超技艺，而且以浪漫主义手法表现了艺术的感染力，是描写音乐的绝唱。

此外，中唐其他作家值得一提者，尚有元结、顾况、张继等，他们的诗歌创作，亦有佳作传世，故亦简述如下。文学史上，一般认为元结、顾况是中唐写实讽喻诗歌创作的先驱人物，是中唐诗风转移的标志。

元结（719—772），字次山，河南（治今河南洛阳）人，居鲁山（今属河南）。元结是一位富于正义感、有心济时、有心治世的政治家。同时，他继承了儒家诗教的讽喻观，主张诗歌“上感于上，下化于下”（《系乐府序》），“极帝王理乱之道，系古人规讽之流”（《二风诗论》）。其代表作《贼退示官吏并序》：

癸卯岁，西原贼入道州，焚烧杀掠，几尽而去。明年，贼又攻永破邵，不犯此州边鄙而退。岂力能制敌欤？盖蒙其伤怜而已。诸使何为忍苦征敛？故作诗一篇以示官吏。

昔岁逢太平，山林二十年。泉源在庭户，洞壑当门前。井税有常期，日晏犹得眠。忽然遭世变，数岁亲戎旃。今来典斯郡，山夷又纷然。城小贼不屠，人贫伤可怜。是以陷邻境，此州独见全。使臣将王命，岂不如贼焉？今彼征敛者，迫之如火煎。谁能绝人命，以作时世贤？思欲委符节，引竿自刺船。将家就鱼麦，归老江湖边。

这首诗斥责了统治者横征暴敛，诗序交代了诗歌创作的历史背景。全诗共分四层。第一层从“昔岁”至“日晏”六句，写生活安逸的昔岁太平日子；第二层从“忽然”到“此州”八句，写“今”，写“贼”，以“贼”寓褒于贬；第三层从“使臣”至“以作”六句，写“今”，写“官”，抨击官吏征敛；第四层由“思欲”至“归老”四句，抒写自己的心志，宁愿归隐江湖，也不愿助纣为虐。全诗叙事直陈、抒情真挚。

元结还有一些清新晓畅的山水诗，颇具特色。如《欸乃曲五首》其二：“湘江二月春水平，满月和风宜夜行。唱桡欲过平阳戍，守吏相呼问姓名。”“欸乃”指棹声，“欸乃曲”即指船歌。诗的首二句写二月湘江之夜，平和美好，洋溢着开朗乐观的精神；后二句则把行船途遇之事信手拈入诗中，生活气息浓郁。

顾况（约730—806后），字逋翁，苏州海盐（今属浙江）人。至德二载（757）登进士第，多以诗作嘲弄权贵。顾况工于画山水，善为诗，诗多反映社会生活。

顾况有一首《叶上题诗从苑中流出》：“花落深宫莺亦悲，上阳宫女断肠时。君恩不闭东流水，叶上题诗寄与谁？”据说“红叶传情”的成语源于此，这是诗人亲历的一段轶事佳话。唐天宝年间的某个秋天，诗人顾况偶然拾得从皇宫中流向下水池（今洛阳市西下池村）的一片红叶，上有名为天宝宫人的《题落苑梧叶上》诗一首：“一入深宫里，年年不见春，聊

◎ 顾况《题叶道士山房》

题一片叶，寄与有情人。”动情的诗人也赋诗一首于红叶上，从上水池传进宫内，竟然与那位哀怨的宫女联系上了。此后，顾况与哀怨的宫女凭借红叶传递爱恋的心声。安史之乱爆发后，顾况找到趁乱逃出上阳宫的宫女，结为连理。这个美丽的“红叶传情”的爱情故事，使红叶被视为坚贞不渝的爱情的象征传咏至今，这段甜美的爱情故事也在古城洛阳被称作“下池轶事”而广为流传。

顾况才气横溢，个性豪放不羁，是一个擅长以才气作诗的诗人。顾况在学习江南民歌的基础上，创作了一些民歌风格的诗作，代表作有《苔藓山歌》：

野人夜梦江南山，江南山深松桂闲。野人觉后长叹息，帖藓黏苔作山色。闭门无事任盈虚，终日攲眠观四如：一如白云飞出壁，二如飞雨岩前滴，三如腾虎欲咆哮，四如懒龙遭霹雳。崄峭嵌空潭洞寒，小儿两手扶栏干。

这是一首写苔藓的山歌。诗人以拟人的手法写山中树无所事事，以此来比况自己幽居山野的“闲”。闲来无事，唯有黏苔藓作山水，享受这种“闲”的乐趣，质朴而情趣盎然，有民歌风调。

顾况也有一些小诗语言活泼，情韵悠长。如《过山农家》：“板桥人渡泉声，茅檐日午鸡鸣。莫嗔焙茶烟暗，却喜晒谷天晴。”这是一首访问山农的记行六言绝句。全诗按照行迹顺序，摄取了山行途中、到达农舍、参观焙茶和晒谷的四个镜头，层次清晰地把访问经历的趣味表现了出来，读之余味隽永。

◎ 顾况《溪上》

张继（生卒年不详），字懿孙，襄州（今湖北襄樊）人。天宝十二年（753）进士。为文不事雕琢，其诗以《枫桥夜泊》一首最著名：

月落乌啼霜满天，江枫渔火对愁眠。
姑苏城外寒山寺，夜半钟声到客船。

这首诗记叙了枫桥夜泊的景象和感受。首句写所见（月落），所闻（乌啼），所感（霜满天）；次句写“江枫”与“渔火”，把动静、明暗的枫桥景色和“愁眠”的心情搭配组合，淋漓尽致地表现了不眠人的思乡之情；第三、四两句写客船卧听古刹钟声，城、寺、船、钟声等意象，构成了一种空灵旷远的意境。诗中的“月落”“乌啼”“霜满天”“江枫”“渔火”“寒山寺”“钟声”等平凡的景物，在诗人的匠思独运之下，构筑成了一幅恬静优美、情韵悠长的江南水乡夜景图。

◎ 张继《枫桥夜泊》

伍

芳林夕照，晚唐诗人

唐代诗歌经过盛唐、中唐的繁荣发展，终于进入了“夕阳无限好，只是近黄昏”的晚唐时期。晚唐的社会政治腐败黑暗的原因：一是藩镇割据所造成的“无地不藩，无藩不叛”的混乱局面，给人民带来深重的灾难；二是宦官专权，出现了以牛僧儒和以李德裕为首的两派之间的斗争，在历史上叫作“牛李党争”。在唐末的社会动乱中，各种不同的政治、人生态度和审美追求都得到表现。突出的是，出现了以杜牧为代表的晚唐怀古咏史诗，以李商隐为代表的晚唐爱情诗，以杜荀鹤与“皮陆”等为代表的唐末写实和社会批判的诗歌。整个晚唐时期，其他的诗人或感时伤乱，或隐逸山林，或寄情山水，思想消沉，艺术上少有创新，预示着唐诗的发展走到了尽头。

（一）十年一觉扬州梦，赢得青楼薄幸名——杜牧、许浑与晚唐怀古咏史诗

晚唐时期，由于宦官专权，藩镇割据，战乱屡起，赋税沉重，民用匮乏，整个唐王朝呈现出一种颓废之势，深深影响了这一时期的士人。他们由于对政治的恐惧与失望，把心思和精力倾注于日常生活的趣味、个人情感的体验与声色的追求上，也将笔触伸向了古人古事，借此怀古伤今，并创作了大量的怀古咏史诗。晚唐时期的怀古咏史诗，多用一种世事皆无法常驻的眼光，看待世事的盛衰推移，表现为一种冰冷的沧桑感和伤

悼之情。这一时期创作怀古咏史诗的诗人主要有杜牧、许浑、温庭筠、李商隐等人。

杜牧（803—853），字牧之，京兆万年（今陕西西安）人。宰相杜佑之孙，大和二年（828）进士，官至中书舍人。杜牧早年以安邦济世之才自负，由于秉性刚直，屡遭排挤，仕途抑郁而终。晚年纵情声色，过着放荡不羁的生活。杜牧以七言绝句著称，人号“小杜”，以别于杜甫。与李商隐并称“小李杜”。杜牧晚年居长安南樊川别墅，故后世称“杜樊川”。著有《樊川文集》。

杜牧的诗作就其内容题材而言，大致可分为以下几类。

第一类，关心世事，爱国忧民之作。杜牧在《感怀诗》《郡斋独酌》等长诗中，纵论时事，抒发自己的政治思想。《郡斋独酌》有感国家的内忧外患，抒发自己报国的愿望。《感怀诗》通篇采用夹叙夹议，慨叹安史之乱以来藩镇割据、横征暴敛造成的国弱民贫的深重灾难，希望朝廷励精图治，

◎ 杜牧《野望》

实现社会和平、安定统一，同时也抒发了壮志难酬的苦闷心情。诗中“夷狄日开张，黎元愈憔悴”等句，尤为精简警策。这类其他作品，如《早雁》：

金河秋半虏弦开，云外惊飞四散哀。
仙掌月明孤影过，长门灯暗数声来。
须知胡骑纷纷在，岂逐春风一一回？
莫厌潇湘少人处，水多菰米岸莓苔。

诗人以“早雁”为题，托物寓意。诗以大雁四散惊飞，喻边地人民遭受战乱、流离失所，寄寓同情。首联中的“金河”交代地点，“秋半”交代时间，“虏弦开”交代鸿雁惊飞的原因，“四散哀”则指受惊的程度；颔联与上联“惊飞四散”呼应，通过“孤影过”“数声来”等绘影写声，描绘了征雁惊飞过长安上空的情景；从前四句“惊”“哀”“孤”“暗”等字的叙述中已见情怀。颈联写早雁遥望北归，“须知”“岂逐”等嘱咐字眼，寄语深情，与上文冷漠形成鲜明对照；尾联“莫厌”两句则表达了对苦难人民的殷殷宽慰。全诗对边地人民饱受异族侵犯深表同情，并表达对朝廷未能御辱安民的不满。

安史之乱爆发后，吐蕃乘晚唐朝廷平叛之机，进占了河湟地区，杜牧有感于内忧外患，写下了《河湟》：

元载相公曾借箸，宪宗皇帝亦留神。
旋见衣冠就东市，忽遗弓剑不西巡。
牧羊驱马虽戎服，白发丹心尽汉臣。
唯有凉州歌舞曲，流传天下乐闲人。

本诗以“河湟”为题，寓主旨于其中，贯穿全篇。诗歌一连用三个典故影射时事：一是“借箸”（《史记·留侯世家》），用张良在刘邦吃饭时进策的典故；二是“衣冠就东市”（《史记·袁盎晁错列传》），用晁错辅佐汉景帝削藩定边，终被谗杀，行刑“衣朝衣，斩东市”之典；三是“忽遗弓剑”（《水经注·河水篇》），采用黄帝乘龙升仙的传说。前四句在平叙中寓河湟迟迟不能收复之感。“牧羊”两句，借苏武牧羊之典，喻河湟百姓虽身陷异族而忠心不移。后四句用强烈的对照，表达诗人鲜明的爱憎。

◎ 杜牧《送薛种游湖南》

第二类，品评历史，借古讽今之诗。此类诗

大致分两种情况：一是论史之作。以七绝为代表，如《赤壁》《题乌江亭》《题商山四皓庙》《春申君》等。如《赤壁》：

折戟沉沙铁未销，自将磨洗认前朝。
东风不与周郎便，铜雀春深锁二乔。

这是一首以地名为题的怀古咏史之作。赤壁，即三国时赤壁大战之地，现在的湖北浦圻县西北（长江南岸）赤壁山。诗的首二句借物起兴，感怀前朝人物事迹；后二句议论，凭吊古战场遗迹，发表独特见解，抒发国家兴亡的慨叹。全诗构思精巧，点评精到。又如《题乌江亭》：

胜败兵家事不期，包羞忍耻是男儿。
江东子弟多才俊，卷土重来未可知。

这是杜牧过乌江亭时所作的咏史诗。“乌江亭”，旧传是项羽自刎之处，在安徽和县东北的乌江浦。此诗与《赤壁》诗一样，以假设推理历史上的战争成败之理。首句言胜败乃兵家常事；次句批评项羽不是“包羞忍辱”胸襟博大的真正“男儿”；三、四句设想项羽若回江东重整旗鼓，或许可卷土重来。

二是借古讽今之作。借历史上盛衰兴亡之事，讽喻晚唐朝廷的黑暗腐朽的社会现实。主要作品有《过勤政楼》《过华清宫三绝句》等。如《过勤政楼》：

千秋令节名空在，承露丝囊世已无。
唯有紫苔偏得意，年年因雨上金铺。

此诗以诗论史，借古讽今。勤政楼原是唐玄宗用来处理朝政、举行国家重大典礼的地方，建于开元八年（720），位于长安城兴庆宫的西南角，西面题曰“花萼相辉之楼”，南面题曰“勤政务本之楼”。此诗讽刺唐玄宗徒好勤政之名，后期享乐误国，贻笑千秋。

杜牧的咏史绝句，以构思新颖、意味深远见长。如《过华清宫绝句三首》：

长安回望绣成堆，山顶千门次第开。
一骑红尘妃子笑，无人知是荔枝来。

新丰绿树起黄埃，数骑渔阳探使回。
霓裳一曲千峰上，舞破中原始下来。

万国笙歌醉太平，倚天楼殿月分明。
云中乱拍禄山舞，风过重峦下笑声。

这是杜牧途经华清宫抵达长安，有感唐玄宗、杨贵妃荒淫误国所作的咏史组诗。这三首组诗选取三个典型事件、场景，即“飞骑送荔枝”、杨贵妃“霓裳羽衣舞”、安禄山“胡旋舞”，又分别以“无人知是荔枝来”“舞破中原始下来”“风过重峦下笑声”作结，以高度的艺术概括，抨击统治者的骄奢、昏庸，以史讽今，启人深思。

杜牧的写景怀古咏史诗，又常常带有盛衰兴亡不可抗拒的哲理意味。如《题宣州开元寺水阁阁下宛溪夹溪居人》：

六朝文物草连空，天淡云闲今古同。
鸟去鸟来山色里，人歌人哭水声中。
深秋帘幕千家雨，落日楼台一笛风。
惆怅无因见范蠡，参差烟树五湖东。

这首诗为登临之作。首联抒发登临观感，以“今古同”三字把今天也带入历史长河，富有哲理的诗句奠定了全诗的基调；颔联则是对人生的感悟和概括；颈联描摹了深秋的密雨和落日中的楼台，秋雨中的凄苦和夕阳中的笛声，两种不可能同时出现景致，两相对照、形成对比，仿佛是人生遭际；尾联借范蠡功成后乘扁舟归隐于太湖的典故，表达了自己的人生追求。全诗表达了面对自然的永恒与人生的短暂，一切都无法长存的认同和感慨。

第三类，写景抒怀，记行咏物之作。这类作品在即景抒情之中寄寓深沉的历史感慨，代表性的作品主要有《登乐游园》《江南春》《泊秦淮》《山行》《清明》等。如《泊秦淮》：

烟笼寒水月笼沙，夜泊秦淮近酒家。
商女不知亡国恨，隔江犹唱后庭花。

秦淮，河名，贯穿南京市。后庭花，歌曲名，南朝后主所作《玉树后庭花》。这是一首即景感怀之作。首句描绘清淡素雅的水边夜色，为写景；次句点明夜泊地点，为叙事；第三、四句由“亡国恨”推出“后庭花”，借史事感怀。全诗融情于景、借景抒情，被誉为唐人绝句中的精品。

杜牧素负盛名的写景诗，又如《江南春》：

◎ 杜牧《蔷薇花》

千里莺啼绿映红，水村山郭酒旗风。

南朝四百八十寺，多少楼台烟雨中。

全诗以江南地区特有的景物为描绘对象，以概括的笔法勾勒了江南春景的明丽与迷蒙。由于诗着眼整个江南，而不是以具体的地方为对象，故题为《江南春》。首句描绘了江南大自然风光，“千里”二字概括了江南的地域广阔；次句写独具江南地形风貌的村庄、城郭，以及在春景中的“酒旗”轻轻招展；第三、四句写雨景中的江南，“南朝”二字给画面增添了历史的沧桑感。后人曾为此诗有一段争论，明代杨慎在《升庵诗话》中说：“千里莺啼，谁人听得？千里绿映红，谁人见得？若作十里，则莺啼绿红之景，村郭、楼台、僧寺、酒旗，皆在其中矣。”为此，何文焕在《历代诗话考索》中曾驳斥道：“即作十里，亦未必尽听得着，看得见。题云《江南春》，江南方广千里，千里之中，莺啼而绿映焉，水村山郭无处无酒旗，四百八十寺楼台多在烟雨中也。此诗之意既广，不得专指一处，故总而命曰《江南春》……”这首七言绝句色彩鲜明，展现了一幅“尺幅千里”的画卷，韵味悠长。

杜牧的写景佳作，著名的还有《山行》：

远上寒山石径斜，白云生处有人家。

停车坐爱枫林晚，霜叶红于二月花。

这首诗描绘了一幅秋山行旅图。这幅秋山行旅图是诗人“上寒山”“停车”时的惊喜发现，通过“寒山”“石径”“白云”“人家”“霜叶”统摄起来。前三句在诗的结构上起着烘托、铺垫第四句的作用，末句是全诗的重点。首句用“寒”字，为第四句“霜叶”作铺垫；次句“白云”的“白”，强烈反衬对比“霜叶”的“红”，突出“红于二月花”的感受。全诗通过描写美丽的秋景，寓赞美、歌颂于其中。

◎ 杜牧《山行》

杜牧写景抒怀、记行咏物的其他代表性作品还有《清明》《题扬州禅智寺》等。如《清明》：

清明时节雨纷纷，路上行人欲断魂。
借问酒家何处有，牧童遥指杏花村。

清明节，是中国一个传统节日，有亲友结伴踏青、扫墓祭祖的习俗。这首诗描写了清明时节典型的天气特征，抒发了行

◎ 杜牧《清明》

路人的真切感受。首句交代情景、环境、气氛；次句写心境凄迷纷乱的路上行人；第三句写路上行人欲摆脱这种心境的办法；末句诗意悠远，格调清新、明快。

第四类，以女性为题材的诗。主要作品有《杜秋娘诗》《张好好诗》《金谷园》《宫人冢》《题桃花夫人庙》《月》《秋夕》《题木兰庙》等。如《秋夕》：

红烛秋光冷画屏，轻罗小扇扑流萤。
天阶夜色凉如水，卧看牵牛织女星。

这是一首写失意、孤独、凄婉宫女的诗。首句写秋寒气冷的环境，一个“冷”字，衬出宫女的内心孤凄；次句写扑流萤排遣愁绪，消磨时光；第三句写夜不能眠的凄苦，暗喻君情薄如冰；末句借羡慕牵牛织女，以抒己悲。蘅塘退士评曰：“层层布景，是一幅着色人物画。只‘卧看’两字，逗出情思，便通身灵动。”(《唐诗三百首》)全诗含蓄蕴藉，耐人寻味。

杜牧的《金谷园》是一首以女性为题材的凭吊怀古之作：

繁华事散逐香尘，流水无情草自春。
日暮东风怨啼鸟，落花犹似坠楼人。

金谷园，旧址在今河南洛阳西北，是西晋时期富豪石崇的别墅，曾盛极一时。据《晋书·石崇传》记载：石崇有妓曰绿珠，美而艳。孙秀使人求之，不得，矫诏收崇。崇正宴于楼上，谓绿珠曰："我今为尔得罪。"绿珠泣曰："当效死于君前。"因自投于楼下而死。唐时园已荒废，成为古迹。杜牧过此，有感而写下这首咏春吊古之作。首句写金谷园的昔日繁华如云烟；次句写物是人非；末二句即景抒情，由啼鸟怨东风、落花满地，联想到当年坠楼人绿珠。全诗比喻贴切，情景交融，情韵悠长。

第五类，酬赠抒怀之作。如《遣怀》《赠别二首》《寄扬州韩绰判官》《雪中书怀》《登池州九峰楼寄张祜》《长安送友人游湖南》等。如《遣怀》：

落魄江南载酒行，楚腰肠断掌中轻。
十年一觉扬州梦，赢得青楼薄幸名。

这是杜牧追忆在扬州当幕僚时纵情酒色生活，并流露悔意的一首诗。诗中用了两个典故。楚腰，据《汉书·马廖传》载："吴王好剑客，百姓多疮瘢；楚王好细腰，宫中多饿人。"后称细腰女子为楚腰。掌中轻，据《飞燕外传》载："赵飞燕体轻，能为掌上舞。"此处均指苗条轻盈的扬州歌女。诗的首句写在扬州寄人篱下的生活；次句写沉沦的生活，以"楚腰"和"掌中轻"两个典故，寄寓感慨；第三句写十年歌舞、美女、美酒的幕僚生活，于今方醒悟；末句写醒悟后的伤感，唯留青楼薄幸名的自责和自嘲。

大和九年（835），杜牧调任监察御史，离扬州赴长安时，写下《赠别二首》：

娉娉袅袅十三余，豆蔻梢头二月初。
春风十里扬州路，卷上珠帘总不如。

多情却似总无情，唯觉尊前笑不成。
蜡烛有心还惜别，替人垂泪到天明。

杜牧曾自述十年扬州"幕府"生活时说："十年为幕府吏，每促束于薄书宴游间。"（《樊川文集·上刑部崔尚书状》）杜牧在扬州酒宴笙歌的生活，由此可见一斑。第一首赞美扬州歌女的美艳。首句描摹妙龄少女丰满的体态身姿；次句以花喻人，写少女的娇美；第三、四两句以众星拱月之法，极写歌女美艳无敌。第二首抒写诗人留恋惜别妙龄歌女的心情。首句写筵席上因压抑无语貌似无情，以无情写有情；次句以“笑不成”回应首句，点明无情实乃多情；第三、四句既是拟人，又是象征，从“有心”到“垂泪到天明”，暗示其因人垂泪而彻夜未眠。

杜牧离开扬州幕府之后不久，还写了一首诗寄赠朋友韩绰，即《寄扬州韩绰判官》：

青山隐隐水迢迢，秋尽江南草未凋。
二十四桥明月夜，玉人何处教吹箫。

诗的首二句写江南秋景，点怀念故人的背景；末二句借扬州二十四桥的典故，与友人韩绰调侃。二十四桥，一说扬州城里原有二十四座桥，一说即吴家砖桥，因古时有二十四位美人吹箫于桥上而得名。全诗意境优美，情韵悠扬。

杜牧的文学创作有多方面的成就，诗、赋、古文都足以名家。杜牧和李商隐都是晚唐七绝成就极高的诗人。与杜牧同一时期，诗风比较接近的诗人是许浑。

许浑（生卒年不详），字用晦，一作仲晦，润州丹阳（今属江苏）人。许浑诗作多是近体，以登临怀古见长。名篇有《咸阳城东楼》《金陵怀古》《故洛城》等，凭吊山河古今兴废，抒发苍凉之慨。如《咸阳城东楼》：

一上高城万里愁，蒹葭杨柳似汀洲。
溪云初起日沉阁，山雨欲来风满楼。
鸟下绿芜秦苑夕，蝉鸣黄叶汉宫秋。
行人莫问当年事，故国东来渭水流。

◎ 许浑《雨后思湖上居》

这是一首咏古的七言律诗。诗人登上咸阳城楼，隔渭水遥望长安，思乡和吊古两种感受交织在心头，于是便写下了这首著名的七律。首联落笔便点明诗人登上咸阳城楼的满怀愁情，一“愁”字，奠定了全诗的基调；颔联“溪云初起日沉阁，山雨欲来风满楼”，写登楼时间和环境氛围，是名垂千古的写景佳句；颈联从空间领域的下端状摹景物，往昔的秦苑、汉宫的繁华已逝，如今唯有飞鸟、蝉鸣、秋风、夕阳、黄叶构成一幅残破的秋景画面；尾联系感慨之词，“莫问”二字，令人深思，一个“流”字，暗示出惋惜之情。

许浑另一首名作是《金陵怀古》：

玉树歌残王气终，景阳兵合戍楼空。
松楸远近千官冢，禾黍高低六代宫。
石燕拂云晴亦雨，江豚吹浪夜还风。
英雄一去豪华尽，唯有青山似洛中。

金陵，即今天的南京，六朝古都。历史上，三国时的吴、东晋、宋、齐、梁、陈曾定都于此。唐代诗人和历史学家常称金陵为六代或六朝故都。诗的首联追述隋兵灭陈之时，陈后主还在教宫女唱新谱的歌曲《玉树后庭花》的史事发端；颔联描写金陵的衰败景象，满眼都是松楸荒冢、残宫禾黍，慨叹六朝繁华如云烟；颈联感慨世间风云变幻，“拂”“吹”“亦”“还”等字，写得含蓄传神；尾联“英雄一去豪华尽，唯有青山似洛中”照应开头，抒发了诗人对于繁华易逝的感叹。

许浑还有一些写宦游、寄酬、伤逝的佳作，诗人在写景中托寓情思，如《秋日赴阙题潼关驿楼》：

红叶晚萧萧，长亭酒一瓢。
残云归太华，疏雨过中条。
树色随山迥，河声入海遥。
帝乡明日到，犹自梦渔樵。

这是一首题壁诗。诗写秋晚雨过宿驿楼，睹物生情。首联描绘了一幅秋日行旅图，营造了一个秋浓似酒、旅况萧瑟的氛围；颔联写苍茫的潼关山川气势；颈联“树色随山迥，河声入海遥”，写由近及远的所见所闻；尾联写赴“帝乡”和“梦渔樵”的矛盾心态。

许浑的写景咏物诗亦有名作，如《早秋三首》其一：

遥夜泛清瑟，西风生翠萝。
残萤委玉露，早雁拂银河。
高树晓还密，远山晴更多。
淮南一叶下，自觉老烟波。

这是一首咏早秋景物的咏物诗。诗题为“早秋”，故处处落笔在“早”字，“残萤”“早雁”“晓还密”“一叶下”“洞庭波”都是扣紧“早”字。全诗描写生动细致，其中“淮南一叶下，自觉老烟波”二句，化用《淮南子·说山训》“见一叶落，而知岁之将暮”之意。全诗句句写景，字字切中“早”字，显示了高超的艺术技巧。

综之，晚唐怀古咏史诗的情调与初盛唐、中唐怀古诗不同。初盛唐的怀古诗中常带有前瞻的意味，中唐怀古诗常常寄托对国家中兴的希望，而晚唐怀古咏史诗则是用一种发展的眼光看待世事的盛衰推移，普遍表现出一种伤悼的情调。

(二)春蚕到死丝方尽，蜡炬成灰泪始干——李商隐等人与晚唐爱情诗

晚唐诗坛，闺阁情怀在文人精神生活中占有重要的地位，在诗苑中开辟了爱情题材，形成了深婉艳丽的诗风，出现了晚唐爱情诗大师级的人物李商隐、温庭筠等人，以及温李之后的诗风继承者韩偓、吴融、唐彦谦、韦庄等人。晚唐士人寄情闺阁，主要缘于士人在科举和仕途上看不到出路，转而从男女情爱方面寻找补偿和慰藉，同时也由于这一时期礼教松弛，享乐淫逸之风盛行，狎妓冶游，称为时尚。这一时期的诗歌不仅多写妇女、爱情、闺阁绣户，而且以男女之情为中心，即使是咏物诗，所咏花、柳、蜂、蝶等，实际上也是女子的化身。

李商隐（约813—约858），字义山，号玉谿生，又号樊南生，原籍怀州河内（今河南沁阳），生于郑州荥阳（今属河南）。9岁父亡后，“四海无可归之地，九族无可倚之亲”（《祭裴氏姊文》）。李商隐年轻时受牛党令狐楚赏识而中进士，后来又被李党王茂元招为女婿，因此牛党认为他背恩负德。牛党掌权后，他一直在政治上受到压抑，郁郁不得志，成了牛、李党争的牺牲品。李商隐是晚唐最著名的诗人，他和杜牧合称“小李杜”，与温庭筠合称为“温李”。有《李义山诗集》。

李商隐的诗歌创作，据刘学锴、余恕诚的整理研究，从

◎ 李商隐《嫦娥》

吟咏的题材上可分为以下四类。

一是政治和咏史诗。李商隐比较重要的政治诗主要有《韩碑》《行次西郊作一百韵》《随师东》《重有感》《曲江》《有感二首》等；咏史诗主要有《富平少侯》《北齐二首》《茂陵》《隋宫》《贾生》《马嵬二首》等为代表。如《曲江》：

望断平时翠辇过，空闻子夜鬼悲歌。
金舆不返倾城色，玉殿犹分下苑波。
死忆华亭闻唳鹤，老忧王室泣铜驼。
天荒地变心虽折，若比阳春意未多。

唐代，曲江又称曲江池，位于长安东南郊，为当时最大的名胜风景区。安史之乱后，曲江荒废。大和九年（835）二月，唐文宗下诏重修曲江，十月，于此赐宴百官。十一月，发生“甘露之变”，罢修。诗的首联从“望断”“空闻”正反两方面暗寓了“天荒地变”；颔联在“不返”“犹分”的鲜明对照中，寓沧桑今昔之感于荒凉冷寂的曲江图景之中；颈联借西晋陆机被谗诛，临死悲叹“华亭鹤唳，岂可复闻乎？”（《晋书·陆机传》）暗示朝臣惨遭杀戮，回应次句“鬼悲歌”，“泣铜驼”则用西晋索靖预见天下将乱，曾指着洛阳宫门前铜驼叹息道“会见汝在荆棘中耳！”（《晋书·索靖传》）预示唐王朝国运将倾；尾联是全篇结穴，感叹时世。这首诗借曲江今昔之变，暗寓时事，抒伤时感乱之情。

李商隐也是晚唐重要的咏史怀古诗人，他的咏史诗以史鉴今，借古喻今，托古讽今，历来受到推重。如《隋宫》：

紫泉宫殿锁烟霞，欲取芜城作帝家。
玉玺不缘归日角，锦帆应是到天涯。
于今腐草无萤火，终古垂杨有暮鸦。
地下若逢陈后主，岂宜重问《后庭花》？

这也是一首咏史吊古诗。题目“隋宫”，即江都宫，隋炀帝为游乐所建，在今江苏扬州市西北。芜城，指隋代的江都，南朝鲍照登广陵故城（今江苏扬州）作《芜城赋》而得名。诗的首联点题，写隋炀帝想把江都取代长安为都城；颔联则是假设，荡开一笔；颈联写了隋炀帝的两个逸游的事实；尾联以假设反诘的语气，以杨广与陈叔宝梦中相遇的典故，揭示了荒淫亡国的主题。全诗借古喻今，批判深刻有力。

安史之乱后，唐王朝由极盛走向衰败，李商隐对唐玄宗因贪淫误国作为讽刺的对象，希望当朝统治者得以借鉴。如《马嵬二首》其二：

海外徒闻更九州，他生未卜此生休。
空闻虎旅传宵柝，无复鸡人报晓筹。
此日六军同驻马，当时七夕笑牵牛。
如何四纪为天子，不及卢家有莫愁。

马嵬，《通志》："马嵬坡，在西安府兴平县二十五里。"《旧唐书·杨贵妃传》："安禄山叛，潼关失守，从幸至马嵬。禁军大将陈玄礼密启太子诛国忠父子，既而四军不散，曰'贼本尚在'。指贵妃也。帝不获已，与贵妃诀，遂缢死于佛室，时年三十八。"诗的首联用"徒闻"否定"海外""更九州"的故事传说，用夹叙夹议的手法；颔联通过"鸡人报晓筹"与"虎旅传宵柝"的强烈对比，揭示了两种不同处境和心情；颈联则通过"此日"与"当时"、"笑牵牛"与"同驻马"两相对照的因果关系，典型概括了唐玄宗荒淫误国；尾联以"如何"来反问，暗含指责，借"莫愁"以寄托感慨。

二是抒怀和咏物诗。李商隐一生仕途坎坷，多用诗歌排遣抱负无法实现的郁闷和不安。这类作品主要有《安定城楼》

《春日寄怀》《天涯》《乐游原》《杜工部蜀中离席》等。如《安定城楼》：

迢递高城百尺楼，绿杨枝外尽汀洲。
贾生年少虚垂涕，王粲春来更远游。
永忆江湖归白发，欲回天地入扁舟。
不知腐鼠成滋味，猜意鹓雏竟未休。

这是一首遣愁言志之作，是李商隐七律代表作之一。安定城楼，即泾州城楼。泾州，是唐朝泾原节度使府所在地，在今甘肃泾川县北。诗的首联写登楼所见，紧扣题目；颔联借古人怀才不遇比况自己，一是汉贾谊《治安策》中有“痛哭”“长太息”之语，一是王粲避乱荆州投依刘表，作《登楼赋》；颈联用范蠡“乘扁舟，浮于江湖”的典故，申述己志；尾联运用《庄子·秋水》中鸱鹰嘴含腐鼠忌鹓雏的典故，于讥讽中剖白心迹。全诗通过使典用事含蓄而深刻地抒情言志，且用典贴切自然，契合自己的身份、处境和思想感情。

李商隐也有一些即景抒情的佳作，如《登乐游原》：

向晚意不适，驱车登古原。
夕阳无限好，只是近黄昏。

这是一首登高望远、即景抒情的诗。前二句写登古原的原因，后二句写登上古原后的感悟。诗中描绘了一幅夕阳西照，晚霞满天，气象万千的画面。诗中蕴含了一个深刻的哲理，景致之所以如此妖娆，正是因为在接近黄昏之时才显得无限美好，“夕阳无限好，只是近黄昏”为千古名言。又如《风雨》：

凄凉宝剑篇，羁泊欲穷年。
黄叶仍风雨，青楼自管弦。
新知遭薄俗，旧好隔良缘。
心断新丰酒，销愁斗几千。

这是一首自伤功业无成、慷慨不平的悲歌。首联写理想与际遇的矛盾，唐将郭震曾上武则天《宝剑篇》：“何言中路遭弃捐，零落飘沦古岳边。虽复沉埋无所用，犹能夜夜气冲天。”武则天大为赞赏，诗人借此暗喻自己没有这样的机遇；颔联抒写羁旅漂泊的人生感受；颈联写在现实生活中孤立无援的悲凉；尾联借酒浇愁，感叹时世不遇。诗以“风雨”为题，“凄凉”开首，表露羁泊异乡，因目接凄风苦雨而引起的身世之感。

李商隐的咏物诗，用白描的手法，精心构织，情韵悠长，如《落花》：

高阁客竟去，小园花乱飞。
参差连曲陌，迢递送斜晖。
肠断未忍扫，眼穿仍欲归。
芳心向春尽，所得是沾衣。

这是一首咏落花的诗。首联写花落与客去，含蓄蕴藉耐人寻味；颔联写落花“乱飞”的情状；颈联不忍花落，抒发情感；末联写花为装点春而开，终而飘零沾衣，表达了一种壮志难酬的凄婉和感慨。全诗情思婉曲，洋溢着伤春惜花之情。

三是感情诗。李商隐诗歌最具特色的作品是吟咏内心感情的无题诗。主要有《无题》《春雨》《锦瑟》《燕台诗》《碧城三首》《重过圣女祠》《柳枝五首》《夜雨寄北》《春雨》《悼伤后赴东蜀辟至散关遇雪》等。李商隐的爱情诗，最为杰出的是以无题为中心的抒情之作。此类爱情诗，情感真挚，深厚缠绵。如《无题二首》其一：

昨夜星辰昨夜风，画楼西畔桂堂东。
身无彩凤双飞翼，心有灵犀一点通。
隔座送钩春酒暖，分曹射覆蜡灯红。
嗟余听鼓应官去，走马兰台类断蓬。

这是一首恋情诗。诗人追忆昨夜席间邂逅意中人又旋即分离的惆怅和怀想。首联回忆昨夜席间欢聚的美好时光；颔联抒写对意中人的思念，“身无”“心有”两相映照，既表达彼此心里契合的喜悦与慰藉，又表达了诗人对此段情缘的珍视和自信之情；颈联追忆昨夜与意中人共享盛会的具体场景；尾联回忆“听鼓应官”“走马兰台”的情景和感慨。尤其“身无彩凤双飞翼，心有灵犀一点通”两句是此诗的精华，艳绝千古，传诵不衰。

李商隐所写的以《无题》为题的诗篇，计有16首。又如《无题》：

相见时难别亦难，东风无力百花残。
春蚕到死丝方尽，蜡炬成灰泪始干。
晓镜但愁云鬓改，夜吟应觉月光寒。
蓬山此去无多路，青鸟殷勤为探看。

这是诗人以“无题”为题的诗歌中最有名的一首爱情诗。首联用两个“难”字，写出了聚首不易，别离更难之情，“东风”句既点明了时节，又形象地比喻了人的相思情状；颔联以春蚕蜡烛作比，既是海誓山盟，又是忠贞不渝的表白，缠绵沉痛，十分精彩；颈联则写相恋不能相见，彼此的愁和怨，以致“云鬓改”的情状；尾联写愿青鸟频频传递相思情，意致婉曲，柳暗花明，真是绝境逢生，别有洞天。

李商隐的无题诗，历来有人认为有所寄托，不管是否有寄托，作为爱情诗来读，是有很高的艺术价值。又如《无题二首》其二：

重帏深下莫愁堂，卧后清宵细细长。
神女生涯原是梦，小姑居处本无郎。
风波不信菱枝弱，月露谁教桂叶香。
直道相思了无益，未妨惆怅是清狂。

这是一首抒写女主人公自伤不遇的诗。首联以幽静的环境描写衬出长夜孤寂；颔联以楚王梦遇巫山神女和乐府《青溪小姑曲》的“小姑所居，独处无郎”的典故，抒写自己的爱情幻想和追求，而今往事如梦，女主人公仍茕茕独居；颈联写风波凶恶，菱枝柔弱无力，桂叶自有清香，却无月露润香，暗示女主人公不幸的身世；尾联写即使如此，女主人公还要执着追求爱情。全诗意境开阔，情感细腻坚贞，措辞婉曲沉痛。

这类爱情题材的诗，又如《无题四首》其二：

飒飒东风细雨来，芙蓉塘外有轻雷。
金蟾啮锁烧香入，玉虎牵丝汲井回。
贾氏窥帘韩掾少，宓妃留枕魏王才。
春心莫共花争发，一寸相思一寸灰。

这是一首回忆前情的艳情诗。此诗描写了幽闭深闺女子追求爱情而失望的痛苦。首联以眼前“东风”“细雨”景致说起；颔联以金蟾香入、玉虎汲井，暗喻自己有机可乘；颈联用贾氏窥帘（《世说新语》）和宓妃留枕（《文选·洛神赋》）的典故，说明相聚皆成幻梦；尾联归结出莫再相思，以免自讨苦吃的意念，创出了“一寸相思一寸灰”的奇句。全诗善于运用比喻、典故和强烈对照的手法，把抽象的幽思和爱情形象化，显示了美好爱情的被毁灭，使诗歌具有一种动人心弦的悲剧美。

李商隐除了创造出吟咏内心情感的无题诗外，还有另一种风格意象的爱情诗，这类诗在李商隐的情感诗里占有重要地位。如《春雨》：

怅卧新春白袷衣，白门寥落意多违。
红楼隔雨相望冷，珠箔飘灯独自归。
远路应悲春晼晚，残宵犹得梦依稀。
玉珰缄札何由达？万里云罗一雁飞。

这首诗借春雨抒发怀人之情。首联“新春”点明时令，“白门寥落”写旧地重寻的凄怆；颔联写隔雨望楼，寻访落空；颈联中“残宵”“梦依稀”说明只有相思以梦；尾联“一雁飞”则表以缄札寄情。全诗一步紧逼一步，怅念之情恰似雨丝不绝如缕，意境优美动人。“红楼隔雨”与“珠箔飘灯”二句，则描绘了一幅色彩明丽的图画。

与无题爱情诗风格不同的诗，又如《夜雨寄北》：

君问归期未有期，巴山夜雨涨秋池。
何当共剪西窗烛，却话巴山夜雨时。

这是一首抒情诗。首句“君问归期未有期”，以问答点归期无望；次句“巴山夜雨涨秋池”则是描写眼前的环境；第三、四句设想来日重逢、谈心，反衬今夜的孤寂。全诗语浅情深，含蓄隽永，韵味无穷。难怪有人称赞它“即景见情，清空微妙，玉溪集中第一流也”（屈复《诗意》）。

李商隐还有一首主题争议颇多的诗，那就是《锦瑟》：

锦瑟无端五十弦，一弦一柱思华年。
庄生晓梦迷蝴蝶，望帝春心托杜鹃。
沧海月明珠有泪，蓝田日暖玉生烟。
此情可待成追忆，只是当时已惘然。

这首诗历来注释不一，莫衷一是。首联哀悼早逝；颔联以庄子亡妻鼓盆而歌和子规啼血的典故，暗喻了人生的悲欢离合；颈联以鲛人泣珠和良玉生烟的典故，描摹了迷离恍惚的世间风情；尾联抒写当时对待爱情的“惘然”，死后“追忆”的难以排遣的情绪。全诗善用比喻、典故，表达了含蓄、感人的真情。

四是应酬和交际诗。这类作品主要有《酬别令狐补阙》《寄令狐郎中》《酬令狐郎中见寄》《寄令狐学士》《梦令狐学士》《令狐舍人说昨夜西掖玩月因戏赠》等，特别引人注意。如《寄令狐郎中》：

嵩云秦树久离居，双鲤迢迢一纸书。
休问梁园旧宾客，茂陵秋雨病相如。

这是李商隐寄给长安故友令狐绹的诗作。首句写嵩山与秦川远隔，各在一方，以各自所见的“云”和“树”寄寓思念；次句写收到书信后心中的快感；第三、四句写自己的境况，以因病免职闲居茂陵的司马相如自比，倾诉自己潦倒多病、寂寞无聊的心情。

李商隐的诗现存约600首，尤以无题诗堪称一绝。李商隐的格律诗继承了杜甫在技巧上的传统，与杜甫相似。李商隐的诗也经常用典，他在用典上有所独创，喜用各种象征、比兴手法，但有时读了整首诗也不清楚目的为何。

温庭筠（？—866），本名岐，字飞卿，太原（今山西太原市西南）人。年轻时才思敏捷，精通音律，“能逐弦吹之音，为侧艳之词”（《旧唐书·温庭筠传》）。晚唐考试律赋，八韵一篇，据说他叉手一吟便成一韵，八叉八韵即告完稿，人称“温八叉”“温八吟”。温庭筠诗与李商隐齐名，并称“温李”。温庭筠词与韦庄齐名，并称“温韦”。

温庭筠的诗可分为两类。一类是五七言古体，大多为篇幅较短的古题乐府诗。其乐府诗，多写闺阁、艳情、宴游题材。如《春愁曲》：

> 红丝穿露珠帘冷，百尺哑哑下纤绠。远翠愁山入卧屏，两重云母空烘影。凉簪坠发春眠重，玉兔煴香柳如梦。锦叠空床委堕红，飔飔扫尾双金凤。蜂喧蝶驻俱悠扬，柳拂赤阑纤草长。觉后梨花委平绿，春风和雨吹池塘。

这是一首闺怨诗。首二句写破晓时的晨景，第三至八句写美人空床独眠的情态，第九、十两句写春光旖旎反衬美人孤独寂寞，末两句以春风和雨送春写出了虚度春光和美人迟暮之感。

温庭筠写爱情、闺阁、宴游题材的诗篇还有《织锦词》《夜宴谣》《晓仙谣》《舞衣曲》《水仙谣》《照影曲》《晚归曲》《瑶瑟怨》等。如《瑶瑟怨》：

> 冰簟银床梦不成，碧天如水夜云轻。

雁声远过潇湘去，十二楼中月自明。

瑶瑟，是玉镶的华美的瑟。在古代诗歌中，瑶瑟常和别离之悲相连。全诗于瑶瑟不着一字，却营造了一种孤寂凄凉的抒情氛围，任人想象女主人公清夜弹瑟的幽怨之情。此诗温婉含蓄，浓郁的诗意耐人寻味。

二类是咏史怀古、山水、行旅之诗，这类诗多为近体。有的诗借吊古抒发自己的怀才不遇的悲愤，如《过陈琳墓》：

曾于青史见遗文，今日飘蓬过古坟。
词客有灵应识我，霸才无主始怜君。
石麟埋没藏春草，铜雀荒凉对暮云。
莫怪临风倍惆怅，欲将书剑学从军。

这是凭吊陈琳墓有感而作的咏怀古迹之作。陈琳，建安七子之一，汉末著名的诗人，擅长章表书记，其墓在今江苏邳县。诗的首联“曾于青史见遗文”，表示曾经拜读过陈琳的文章，心怀景仰，今天“飘蓬”的生活又正好经过陈琳的坟墓；颔联是全篇的重点，“君”“我”对举夹写，既有对自己才能的自信，又暗含与才子的惺惺相惜及在当世无知音的伤感，同时将陈琳得到曹操赏识与自己的“霸才无主”相对比，流露出生不逢时的感慨；颈联分承第三、四句，从“墓”字生意，分别写墓前景、墓前遐想；尾联进一步表达诗人生不逢时之慨叹。诗歌通过自己和陈琳所处时代不同、际遇不同、明主不同、青史垂名和书剑飘零的鲜明对比，寄托自己的感慨。全诗文采斐然，为温庭筠咏史佳作。

温庭筠还有一些著名的写景诗，如《商山早行》：

晨起动征铎，客行悲故乡。
鸡声茅店月，人迹板桥霜。
槲叶落山路，枳花明驿墙。
因思杜陵梦，凫雁满回塘。

这首诗描绘了一幅深秋早行图。首联概括地描绘了“早行”的典型情景，“客行悲故乡”句，最易触动读者，引发情感共鸣；颔联选取鸡声、茅店、月、人迹、板桥、霜等名词性词组构成典型环境，形象地描绘了一幅立体荒山早行图；颈联中的“槲叶落”“枳花明”，“落”“明”二字，写出了商山路上的自然景色，生动传神；尾联写早行路上回忆昨晚的梦境。全诗每联都紧扣了“早行”的主题，表达了羁旅的愁思和失意的人生。

韩偓（约842—923），字致尧，一作致光，京兆万年（今陕西西安）人。韩偓最有价值的诗是感时诗篇，如《故都》《伤乱》《春尽》《安贫》等。韩偓的写景抒情诗构思新巧，笔触细腻。如《醉著》《野塘》《初赴期集》《曲江晚思》，以白描手法勾摹物象，设色疏淡，构图明晰，宛如一幅幅水墨画卷。他的感时诗，如《春尽》：

惜春连日醉昏昏，醒后衣裳见酒痕。
细水浮花归别涧，断云含雨入孤村。
人闲易有芳时恨，地胜难招自古魂。
惭愧流莺相厚意，清晨犹为到西园。

这是一首抒写春天消逝的感时诗。首联以“醒后衣裳见酒痕”这个醉酒行为，突出“惜春”之情；颔联用“细”“浮”“别”“断”“孤”这类字眼，写凄清之景，抒悲凉之情；颈联抒情，诗人因“芳时恨”而寄恨无穷；尾联借流莺的殷勤相顾，慨叹知音少的落寞感。通篇紧紧扣住“春尽”来抒述情怀，始终围绕春尽时的环境景物，层层加深地抒发自己的情感。

韩偓也因艳诗集《香奁集》得名，大多抒写男女之情、风格绮丽纤巧之作，如《席上有赠》《袅娜》《咏浴》《屐子》，明写士大夫的狎邪生活，感情浮薄，作风轻靡。其中也有些作品如《绕廊》《闻雨》《欲去》《已凉》等，抒写爱情受阻隔时的怅恨、追录、忆念、想望等心理活动，情深语挚，委婉动人。如《已凉》：

碧阑干外绣帘垂，猩血屏风画折枝。
八尺龙须方锦褥，已凉天气未寒时。

这是一首写景寓情诗。全诗通过“已凉未寒之时”的金闺秀户的描绘，点染独居深闺绣户女主人公渴望爱情生活的情怀。通篇不着一“情”字，不触及“人”字，然而环境景物所点染人的情思，却始终洋溢在诗句的字里行间。

（三）任是深山更深处，也应无计避征徭——“皮陆”与杜荀鹤等晚唐其他诗人

唐王朝自咸通以后（860—907），社会进入了动乱阶段，出现了浙东裘甫起义，徐州庞勋兵变，以及历时十年（874—884）震动全国的王仙之、黄巢领导的农民起义等。文人在仕途上看不到希望，且常有性命之忧。一些诗人自觉继承杜甫和中唐写实讽喻诗派的传统，把诗歌作为揭露和批判社会的武器。同时，在他们的诗歌中也表现出来一种隐逸避世、淡泊娴雅的情思。这一时期的代表诗人有皮日休、聂夷中、陆龟蒙、杜荀鹤、司空图、韦庄、罗隐等。

皮日休（约838—约883），字逸少，后改袭美，襄阳（今湖北襄樊市襄阳区）人。懿宗咸通八年（867）登进士第。年轻时隐居鹿门山，自号鹿门子。皮日休爱好喝酒，愤世嫉俗，

◎ 皮日休《闲夜酒醒》

自称是“闲气布衣”“醉吟先生”“酒民”“醉士”。据明夏树芳《酒颠》上说，他嗜酒成性，隐居在鹿门山时，每天都饮酒，自称是醉士。他一生写有许多关于酒的诗文，如《酒箴（并序）》《酒中十咏》《春夕酒醒》《酒病偶作》《〈续酒具诗〉序》等。皮日休和陆龟蒙为诗友，交往甚密，互相唱和，世称“皮陆”。有《皮子文薮》。

皮日休的诗歌多愤世忧时之作，自觉继承乐府诗传统和中唐写实讽喻诗论，主张论诗主美刺。皮日休曾说：“乐府，盖古圣王采天下之诗，欲以知国之利病，民之休戚者也……诗之美也，闻之足以观乎功；诗之刺也，闻之足以戒乎政。”（《正乐府十篇并序》）他的诗很多都是真实反映严重社会问题的，如《橡媪叹》：

秋深橡子熟，散落榛芜冈。伛伛黄发媪，拾之践晨霜。移时始盈掬，尽日方满筐。几曝复几蒸，用作三冬粮。山前有熟稻，紫穗袭人香。细获又精舂，粒粒如玉珰。持之纳于官，私室无仓箱。如何一石余，只作五斗量？狡吏不畏刑，贪官不避赃！农时作私债，农毕归官仓。自冬及于春，橡实诳饥肠。吾闻田成子，诈仁犹自王。吁嗟逢橡媪，不觉泪沾裳。

《橡媪叹》是皮日休的代表作之一。这首诗大致可分为三层：第一层从“秋深橡子熟”至“用作三冬粮”八句，写老媪拾橡子的艰辛及用途。前四句点明深秋时节、地点、人物、事件及具体活动时间，描绘了一幅荒山拾橡图。第五至八句写拾橡、制作之难和“用作三冬粮”的目的。第二层从“山前有熟稻”至“橡实诳饥肠”十四句，老媪自叙被逼拾橡子的具体原因。第三层从“吾闻田成子”至“不觉泪沾裳”四句，写诗人对现实不公的愤慨和对老媪的同情。全诗通过对“橡媪”的外貌、劳动过程的生动刻画，揭示了造成这种现状的社会根源，让人为之同情、扼腕和愤怒。

此类诗，还有《卒妻怨》《贪官怨》《农父谣》《哀陇民》等。此外，皮日休还写了大量的咏史诗、山水诗和唱和诗。其怀古诗，如《馆娃宫怀古五绝》其一：

绮阁飘香下太湖，乱兵侵晓上姑苏。
越王大有堪羞处，只把西施赚得吴。

馆娃宫，春秋时期吴王夫差为西施所建造的宫殿，旧址在今苏州市西南灵岩山上。诗的首句用“绮阁”“飘香”来描写馆娃宫，从侧面反映吴王迷恋声色不能自拔；次句写越军出其不意进袭姑苏台，吴国旋即灭亡；第三、四句写勾践亡吴，批评勾践凭借美女西施灭吴。诗的末二句“越王大有堪羞处，只把西施赚得吴”，用指桑骂槐的曲笔，明嘲暗讽，全诗透着委婉含蓄的弦外之音。

皮日休的唱和诗，如《春夕酒醒》：

四弦才罢醉蛮奴，醽醁余香在翠炉。
夜半醒来红蜡短，一枝寒泪作珊瑚。

此诗写酒醒后的观感。第一、二句写醉酒的感觉，“醉”字为“醒”渲染了醉眼蒙胧的环境、气氛；第三、四句写酒醒所见景象，诗人运用拟人手法，以“红蜡短”“一枝寒泪”熔铸身世凄凉之感。陆龟蒙的和诗《和袭美春夕酒醒》：“几年无事傍江湖，醉倒黄公旧酒垆。觉后不知明月上，满身花影倩人扶。”袭美，即皮日休。这里不写红烛等物，直写诗人放达潇洒的情怀和风度，气韵别开生面。

聂夷中（837—？），字坦之，河东（今山西永济西南）人，一说河南人。“奋身草泽，备尝辛楚”（《唐才子传》），可见聂夷中出身贫寒，备尝艰辛。咸通十二年（871）中进士。后补官华阴尉，为政期间，“多伤时闵俗之举”（《唐才子传》）。

聂夷中诗歌的突出特点是以关心和同情农民为主题，此类内容的诗占他现存诗的三分之一。其诗以《咏田家》最为著名：

二月卖新丝，五月粜新谷。
医得眼前疮，剜却心头肉。
我愿君王心，化作光明烛。
不照绮罗筵，只照逃亡屋。

这首诗又名《伤田家》，写田家生活的穷困。首二句“二月卖新丝，五月粜新谷”，写田家寅吃卯粮，生活悲惨；第三、四两句，形象鲜明，寓意深刻，“剜肉医疮”尤为惊警，为流行的成语；后四句直抒已怀，表达改良现实的愿望，充满对田家的同情。

聂夷中的社会写实诗还有《田家二首》《公子行二首》《公子家》《胡无人行》《大垂手》等。如《田家二首》其一：

父耕原上田，子劚山下荒。
六月禾未秀，官家已修仓。

这是一首悯农诗。首二句的“原上田”“山下荒”，从耕田写到开荒，刻画农家耕种的辛苦，简洁有力；末二句的“禾未秀”“已修仓”，一“未”一“已”，一呼一应，悯农忧民之情跃然纸上。全诗短短20字，没有正面的描写，只截取收租前“官家已修仓”之景，就把农夫辛勤耕作，官家等待收租的情形刻画出来，言简意赅，却“不著一字，尽得风流”。又如《公子家》：“种花满西园，花发青楼道。花下一禾生，去之为恶草。”末二句不但表现了贵公子养尊处优，五谷不分，还借此影射现实混沌颠倒。

陆龟蒙（？—约881），字鲁望，苏州（今江苏苏州）人。曾为湖州、苏州从事。自称江湖散人、天随子、甫里先生。陆龟蒙与皮日休为友，世称“皮陆”。其小品文的成就胜于其诗。陆龟蒙写过许多反映农事活动和农民生活的田家诗，如《放牛歌》《刈麦歌》《获稻歌》《蚕赋》《渔具》《茶具》等。如《新沙》：

渤澥声中涨小堤，官家知后海鸥知。
蓬莱有路教人到，应亦年年税紫芝。

这是一首讽刺诗，描写官府对海边新淤沙地征税，讽刺官府横征暴敛，朝廷征收租税无孔不入。全诗构思新颖，想象丰富，无论是遣词还是造句，把极度夸张和强烈地讽刺作为抨击统治阶级的武器。同时，在讽喻中也表达了诗人爱憎分明的美好心灵。

陆龟蒙的一些山水诗也写得有特色，寄咏怀古迹于山水诗之中，如《怀宛陵旧游》：

陵阳佳地昔年游，谢朓青山李白楼。
唯有日斜溪上思，酒旗风影落春流。

这是一首表面上为怀旧游的山水诗，实为咏怀古迹、伤世感时之作。宛陵，设县于汉，至隋改名为宣城（今安徽宣城）。南齐诗人谢朓曾任宣城太守，在宣城建一座高楼，世称谢公楼，至唐代名叠嶂楼。盛唐诗人李白曾客游宣城，多次登上谢公楼，赋诗畅饮。诗的一、二句直叙怀旧宛陵，宛陵有谢朓、李白的游踪遗迹；第三、四句写景，回忆当年最深的印象，西斜落日，春流溪水，酒旗飘扬，流水碎影，怀古幽思，一幕一幕的昨日印象，构成一幅诗意的画境。

杜荀鹤（846—904），字彦之，号九华山人，池州石埭（今安徽石台）人。出身寒微，曾自称“天地最穷人”（《郊居即事投李给事》）。杜荀鹤一生以诗为业，自说“乍可百年无称意，难教一日不吟诗”（《秋日闲居寄先达》）。杜荀鹤也是以“苦吟”自命的诗人，始终坚持“诗旨未能忘救物”的艺术写实态度。如《自叙》：

酒瓮琴书伴病身，熟谙时事乐于贫。
宁为宇宙闲吟客，怕作乾坤窃禄人。
诗旨未能忘救物，世情奈值不容真。
平生肺腑无言处，白发吾唐一逸人。

这是一首申述怀才不遇、壮志难酬的诗。首联自叙境遇和处世态度，“酒瓮琴书伴病身”是失意潦倒知识分子的写照；颔联进一步申述“乐于贫”的心迹；颈联“诗旨未能忘救物，世情奈值不容真”句，是全诗的重点和高潮，“未能忘救物”和“不容真”构成了一组理想与现实的尖锐矛盾；尾联“平生肺腑无言处，白发吾唐一逸人”，结语苍凉悲愤，怀才不遇和壮志未酬的痛苦，无处诉说。全诗把自叙身世与时事评论相结合，感情真挚，满纸韵味。

杜荀鹤始终把对人民苦难的描写作为重要主题。杜荀鹤的代表作有《山中寡妇》《乱后逢村叟》《题所居村舍》《伤硖石县病叟》《田翁》《蚕妇》《再经胡城县》《塞上伤战士》等。如《山中寡妇》：

夫因兵死守蓬茅，麻苎衣衫鬓发焦。
桑柘废来犹纳税，田园荒后尚征苗。
时挑野菜和根煮，旋斫生柴带叶烧。
任是深山更深处，也应无计避征徭。

◎ 杜荀鹤《马上行》

这是杜荀鹤的代表作之一。这首诗塑造了山中寡妇这一典型形象，表达了对统治者横征暴敛的强烈抗议。首联开门见山交代山中寡妇守寡原因、家居、衣着和容貌；颔联是山中寡妇受苦的现实原因；颈联写赋税盘剥下山中寡妇艰难、痛苦的生活，吃的是和根煮的野菜，烧的是带叶的生柴；尾联是对统治者竭泽而渔式的“征徭”的愤慨和讽刺。全诗中间两联对仗工整，语言清新通俗，刻画人物形象生动。

杜荀鹤还善用近体诗反映民间疾苦、抨击社会黑暗，语言通俗、风格清新，后人称“杜荀鹤体”。这类作品，如《再经胡城县》：

去岁曾经此县城，县民无口不冤声。
今来县宰加朱绂，便是生灵血染成。

胡城县，故址在今安徽阜阳北。这首诗通过诗人“去岁”的“初经”与“今岁”的“再经”的巧妙安排，对两次经胡城县的所见所闻的典型现象高度概括，揭露和批判统治阶级剥削、压迫、屠戮人民的罪恶，入木三分。

杜荀鹤关注现实的作品，又如《乱后逢村叟》：

经乱衰翁居破村，村中何事不伤魂。
因供寨木无桑柘，为著乡兵绝子孙。
还似平宁征赋税，未尝州县略安存。
至于鸡犬皆星散，日落前山独倚门。

此诗通过一位饱经战乱的衰朽老翁之口，说出这一切。开篇概括提领一笔，把对老翁形象的刻画和对乱后“村中何事不伤魂”的描写结合起来，揭露战乱和赋敛敲剥是造成村中惨象的原因，具有较高的艺术概括力。

罗隐（833—910），本名横，字昭谏，号江东生，杭州新城（今浙江富阳西南）人。罗隐年轻时就有盛名，他的诗文多抨击时政，讥讽公卿，所以屡举进士不第，于是改名隐。罗隐生活于晚唐动乱的年代，其诗多反映现实、讽刺现实，“诗文凡以讥刺为主，虽荒祠木偶，莫能免者”（《唐才子传》）。

罗隐善于用咏史和咏物诗的形式讽刺现实，辛辣有力。如《西施》：

家国兴亡自有时，吴人何苦怨西施。
西施若解倾吴国，越国亡来又是谁？

此诗一反传统“女人是祸水”的论调，推翻前人认为西施亡吴、女色误国的陈词。首二句“家国兴亡自有时，吴人何苦怨西施”，就旗帜鲜明地摆出自己的观点，反对将亡国的责任强加在西施之类妇女身上；后二句“西施若解倾吴国，越国亡来又是谁”，用委婉发问的语气、事理上的推论，进一步批驳西施亡国的观点。全诗由于基于本身立论的逻辑力量，读来锋芒逼人。

罗隐因怀才不遇，故其诗多讽喻时世，反映社会动乱，诗风通俗快露。如《黄河》：

莫把阿胶向此倾，此中天意固难明。
解通银汉应须曲，才出昆仑便不清。
高祖誓功衣带小，仙人占斗客槎轻。
三千年后知谁在？何必劳君报太平！

这是一首借赋咏黄河来抨击科举取士不合理的借事寓意诗。首联以黄河水的混浊，暗喻科举考试的虚伪，用“天意难明”四字，把矛头直指当朝统治者，揭露官场和黄河一样混浊。颔联进一步描画科举场中的黑暗，“解通银汉应须曲”

中的“曲”字，语意双关，河道曲折能通天，借以表达使用“曲”的不正当手段达到目的。颈联用典，“高祖誓功衣带小”句，化用高祖定天下，大封功臣的誓词“使河如带，泰山若砺”（《史记·高祖功臣侯者年表》），意指大臣的爵禄永不失去；“仙人占斗客槎轻”句，化用汉张骞奉命探寻黄河源头之典，“仙人占斗”指封建贵族把持朝政，霸占爵位，“客槎”指科考求官之人，须经援引才能做官。尾联借黄河三千年一清，表达对朝廷的绝望之情。这首诗的创作与罗隐的十次科考失败的痛苦经历有关。为此，罗隐还作了一首《自遣》，表达自己政治失意后的颓唐情绪。

得即高歌失即休，多愁多恨亦悠悠。
今朝有酒今朝醉，明日愁来明日愁。

此诗表达了古代知识分子典型的人生观。首句“得即高歌失即休”点括题意，平常心态无须大悲大喜；次句“多愁多恨亦悠悠”则进一步补充首句；第三句“今朝有酒今朝醉”就是“得即高歌”的反复与推进；第四句“明日愁来明日愁”则是“失即休”的进一步阐发。“今朝有酒今朝醉”是古代众多解愁诗句中最容易记起的一句。

罗隐的咏物诗，我们比较熟悉的是《蜂》：

不论平地与山尖，无限风光尽被占。
采得百花成蜜后，为谁辛苦为谁甜？

这首诗赞美了蜜蜂辛勤劳动的高尚品格，批评不劳而获的人。此诗的艺术特点是寓意深刻，叙述反诘，议而不发。

韦庄（约836—910），字端己，长安杜陵（今陕西西安东南）人。诗人韦应物的四世孙。为人疏旷不拘，有抱负，自称“平生志业匡尧舜”（《关河道中》）。韦庄是花间派词人代表，与温庭筠并称“温韦”。

韦庄诗歌的重要题材是忧时伤乱，这类诗歌深广地反映了唐末动荡的社会面貌。其对战乱中人民所遭受的苦难深表同情的作品有《悯耕者》《汴堤行》等；抚今追昔的诗歌有《咸通》《夜景》《忆昔》等，为唐王朝的衰微唱出了深沉的挽歌。如《忆昔》：

昔年曾向五陵游，子夜歌清月满楼。
银烛树前长似昼，露桃华里不知秋。
西园公子名无忌，南国佳人号莫愁。
今日乱离俱是梦，夕阳唯见水东流。

这是一首“感慨遥深，婉而多讽”的七律佳作。此诗作于韦庄应试京城，适逢黄巢起义军攻破长安之时，抚今伤昔，有感而作。全诗以“昔年”领起，紧扣题旨“忆”字，前六句描绘“昔年”长安的繁华景象；结尾“今日乱离俱是梦，夕阳唯见水东流”二句，回到现实，描写了现实中长安的凄凉冷落之景，尤其是“夕阳唯见水东流”的景物描写结束诗歌，与前文形成强烈鲜明的对比。

韦庄有一些出色的怀古诗，如《台城》《金陵图》《上元县》等，在对南朝史迹的凭吊中，也寄寓着他对唐末社会动乱的哀叹，情调凄婉。如《台城》：

江雨霏霏江草齐，六朝如梦鸟空啼。
无情最是台城柳，依旧烟笼十里堤。

这是一首凭吊六朝古迹的诗。台城，旧址在今南京鸡笼山南，从东晋到南朝结束，这里一直是朝廷台省和皇宫所在地，唐末这里已荒废。诗的首二句“江雨霏霏江草齐，六朝如梦鸟空啼”中的“如梦”“空啼”等字眼，有世事沧桑之痛；后二句“无情最是台城柳，依旧烟笼十里堤”，以物的“无情”反衬人有情，以景物“依旧”暗示人世的沧桑。诗中江雨、江草、啼鸟、堤柳等景物，通过“无情”“依旧”通贯全篇，“最是”二字，突出了堤柳的“无情”，强调了诗人凭吊古迹的伤感。

韦庄的代表作是长篇叙事诗《秦妇吟》。此诗长达238句，

1666字，为现存唐诗中最长的一首。全诗以一位从长安逃难出来的女子即“秦妇”的叙说方式，通过典型的情节和场面，铺叙而有层次的手法，来表现黄巢起义军攻占长安、称帝建国，与唐军反复争夺长安以及最后城中被围绝粮的历史画面。布局谨严，脉络分明，标志着中国诗歌叙事艺术的发展。韦庄因此诗而被称为“秦妇吟秀才”。

参考书目

1. 《唐诗鉴赏辞典》，上海辞书出版社1983年12月版。
2. 《中国文学史》（第二卷），袁行霈主编，高等教育出版社1999年8月版。
3. 《中国古代文学》（中），马积高、黄钧主编，湖南文艺出版社1992年5月版。
4. 《唐诗研究》，沈松勤等著，浙江大学出版社2006年1月版。
5. 《唐诗风貌》，余恕诚著，安徽大学出版社2000年3月第二版。
6. 《唐诗》，詹锳，上海古籍出版社1979年4月版。
7. 《唐诗解读》，诸葛忆兵编著，中国人民大学出版社2008年7月版。
8. 《中国文学史》，游国恩等主编，人民文学出版社1963年7月版。

9. 《唐诗鉴赏》，人民文学出版社编辑部编，人民文学出版社1981年11月版。

10. 《唐诗趣话》，范垂新著，大连出版社2002年9月版。

11. 《全唐诗》，（清）彭定求等编，中华书局1960年4月版。

结　语

唐代（618～907）是中国古典诗歌发展的全盛时期。唐诗不仅是中国优秀的文学遗产之一，也是世界文学宝库中的一颗璀璨的明珠。

唐代诗人特别多，出现了闻名世界的大诗人李白、杜甫、白居易等。此外，还有2300多位仍为今人所熟知的诗人，创作了5万多首题材广泛的诗歌。这些诗歌反映了社会生活的方方面面，丰富多彩地展现了一幅幅唐代社会生活的画卷。在创作方法上，既有现实主义的作品，也有浪漫主义的作品，也有两种创作方法相结合的典范之作，形成了中国古典诗歌的优秀传统。

唐诗不仅继承了汉魏乐府民歌传统，发展了歌行体的样式，还继承了前代的五言、七言古诗，扩展了五言、七言形式的运用，创造了风格特别优美整齐的近体诗。近体诗是当时的新体诗，它的创造和成熟，是唐代诗歌发展史上的一件大事。把中国古典诗歌推到一个前所未有的高度。

在唐诗的发展史上，初唐时期出现了以王勃、杨炯、卢照邻、骆宾王为代表的“初唐四杰”和陈子昂。盛唐时期的唐诗，题材广泛，流派众多，出现“边塞诗派”与“田园诗派”等，浪漫主义诗人李白和现实主义诗人杜甫是这一时期诗人的杰出代表。中唐时期，诗人各有成就，这一时期杰出的诗人是白居易，提出“文章合为时而著，歌诗合为事而作”的进步理论主张，是“新乐府运动”的代表人物。晚唐时期，著名的诗人有李商隐、杜牧、温庭筠、杜荀鹤等。

要把作家众多、作品数量庞大的唐诗在有限的篇幅里呈现出来，实属不易。本书在写作的过程中，按照唐诗的发展线索，介绍了唐诗的基本知识，重要的诗歌活动和诗歌流派，唐诗发展史上有重要影响的作家和作品等。内容基本涵盖了传统学术话语里唐诗中最精彩、最具吸引力而又最为人们喜闻乐见的内容。

本书让我们在轻松快乐的阅读中，用较少的时间，了解唐诗的发展脉络。点缀在书稿中的几十幅配图，让我们形象地享受到诗境之美。

唐诗

大唐盛世的赞礼